Georg Schwikart

Miriam, Paul und das Zeichen des Fisches

Georg Schwikart

Miriam, Paul und das Zeichen des Fisches

Das Kinderbuch
zum Christentum

Mit Illustrationen
von Günther Jakobs

Patmos

Abbildungsverzeichnis
5, 6 Gewölbe der gotischen Hallenkirche St. Marien, Osnabrück. Foto: © A. Kunze.
8, 59 (l./r. u.), 67, 82 (o.), 83 (u.) © KNA, Frankfurt.
18 Salvador Dali zugeschrieben: Jesus bei der Bergpredigt.
26, 65, 72, 74 (o.) Quelle unbekannt.
36 NASA.
41 (u. l.) © imago/Sämmer.
41 (o. l.), 81 (l./r.), 82 (u.), 83 (o.) © Peter Wirtz, Dormagen.
41 (r.) © Karl-Heinz Melters, Aachen.
42 (o.) © imago/bonn-sequenz.
50 (u.) © B. Oehmen/laenderpress, Düsseldorf.
57 (o.) © imago/Müller-Stauffenberg.
57 (u.) © imago/Raimund Müller.
58 (r.), 94 (u.) © dpa.
59 (o.) © Norbert Neetz/epd-bild.
66 (o.) Dietrich Steinwede.
66 (u.) Hartmut Vogler.
73 (o.l.) © Mooser/alphapress, Gauting.
74 (u.) Roman Mensing.
80 © Fred Mayer/gettyimages.
90 Vladimir Sichov, Paris. © Sipa Press.
96 © UPI/Bettmann Newsphotos.

Bibliografische Information der Deutschen Nationalbibliothek
Die Deutsche Nationalbibliothek verzeichnet diese Publikation in der Deutschen Nationalbibliografie; detaillierte bibliografische Daten sind im Internet über http://dnb.d-nb.de abrufbar.

Printed in Poland
ISBN 978-3-491-79771-0
www.patmos.de

Inhalt

Vorwort

Liebe Leserinnen und Leser,

von den Christen möchte ich Euch erzählen, von ihrem Glauben, ihren Festen, ihrer Geschichte, und dem, was ihnen wichtig ist. Dieses Buch wendet sich an alle, die etwas über die Christen wissen wollen: Das können Christen selbst sein, ebenso wie Anhänger eines anderen Glaubens oder auch Menschen ohne Religion.

Das Christentum ist eine große Sache – die kann dieses Kinderbuch allein nicht erklären. Deswegen rate ich Euch, mit Christen zu sprechen, ihre Gottesdienste und Versammlungen zu besuchen, ihre Kirchen und heiligen Stätten zu besichtigen und in der Bibel zu lesen.

Viele haben zu diesem Buch beigetragen, sie teilen großzügig ihr Wissen und ihre Erfahrung. Manche haben etwas geschrieben, andere durfte ich befragen, einige haben freundlich erlaubt, einen Text abzudrucken, und zu guter Letzt wurde mir geholfen, das Manuskript auf Fehler hin zu überprüfen. Allen Beteiligten danke ich sehr herzlich.

»Miriam, Paul und das Zeichen des Fisches« soll eine Einladung sein, sich auf den Weg zu machen, die Christen besser kennen zu lernen. Wer das Buch gelesen hat und mich etwas dazu fragen oder etwas dazu sagen möchte, kann das gerne tun und über den Verlag einen Brief an mich schreiben: Patmos Verlag, Postfach 104064, 40031 Düsseldorf.

Georg Schwikart

Christus und die Christen: Eine Weltreligion stellt sich vor

Das Christentum ist die größte religiöse Bewegung in der Geschichte der Menschheit. Rund zwei Milliarden Menschen sind Christen; das ist ein Drittel der Weltbevölkerung. In vielen verschiedenen Kulturen auf der ganzen Welt leben Christen, die unterschiedlichen christlichen Glaubensrichtungen und Religionsgemeinschaften angehören. So hat das Christentum viele Gesichter, und es ist nicht etwas Starres, sondern entwickelt sich ständig weiter. Doch haben alle Christen bestimmte Vorstellungen gemeinsam, wie man die Welt verstehen kann, was man glauben und wie man leben und handeln soll.

Christen gibt es in jedem Land der Erde. In manchen Ländern bilden sie die Mehrheit. Die Farben zeigen an, welche Konfession am meisten verbreitet ist.

Rot: katholisch;
Blau: evangelisch;
Gelb: orthodox

Einen Glauben zu verbreiten, nennt man Mission. Missionare brachten das Christentum im ersten Jahrtausend in alle Himmelsrichtungen: Patrick nach Irland, Bonifatius nach Deutschland, Kyrill und Methodius nach Osteuropa. Später brachten die Christen im Gefolge der Eroberer ihren Glauben in die Kulturen Amerikas, Afrikas und Asiens ein.

Viele Einflüsse

Entstanden ist das Christentum aus einer kleinen Schar von Menschen, die sich vor rund 2000 Jahren um Jesus von Nazaret sammelten. Die ersten Christen waren Juden. Schon bald kamen auch Anhänger anderer Religionen im Römischen Reich dazu, zum Beispiel Griechen und Römer, die zuvor an viele verschiedene Götter geglaubt hatten. Das Christentum nahm Glaubensvorstellungen anderer Religionen in sich auf und breitete sich rasch aus. Es steht über alle Grenzen der Nationen und Kulturen hinweg jedem Menschen offen: Wer an Jesus Christus glaubt, kann sich taufen lassen und Mitglied dieser weltweiten Gemeinschaft werden.

Symbole sind Erkennungszeichen

Das bekannteste Zeichen des Christentums ist das Kreuz. An einem Kreuz wurde Jesus hingerichtet, doch Christen glauben, dass damit der Tod selbst überwunden wurde. Die griechischen Buchstaben X und P, Chi und Rho (Ch und R), sind der Anfang des Wortes »Christus«. A und Ω, Alpha und Omega, sind der erste und der letzte Buchstabe des griechischen Alphabets. Sie bedeuten: Christus ist der Anfang und das Ende, der Erste und der Letzte, »das A und O«. – Der Fisch schließlich wurde zum geheimen Erkennungszeichen der Christen, als sie verfolgt wurden. Denn die einzelnen Buchstaben des griechischen Wortes für Fisch – Ichthys – sind die Anfangsbuchstaben eines Bekenntnisses zu Jesus Christus: Jesus Christus – Gottes Sohn – Retter. Auf Griechisch heißt das **I**esus **Ch**ristos **Th**eu **Y**ios **S**oter.

Zeitrechnung nach Christus

Man kann vom Christentum halten, was man will – man kann ein gläubiger Anhänger sein, ein Gegner oder ihm gleichgültig gegenüberstehen: Es prägt die Welt – vor allem in Europa, Nord- und Südamerika – in ihrem Denken und Handeln, in Moral und Rechtsprechung, in der Kunst und Musik, sogar in der Zählung der Jahre »nach Christi Geburt« oder »nach der Zeitenwende«. Wer begreifen will, wie die Welt zu dem wurde, was sie ist, muss sich mit dem Christentum auseinandersetzen.

Was Kinder glauben. Was Kinder wissen. Was Kinder fragen.

Kinder wurden befragt, woran sie glauben, was sie vom Christentum wissen und welche Fragen sie haben. Hier Auszüge ihrer Antworten:

Wir Christen leben in einer großen Gemeinschaft zusammen. Sonntags treffen wir uns in der Kirche. Dort beten und singen wir und erfahren etwas von Gott. *Merle, 10 Jahre*

Ich glaube an unseren Gott, und auch wenn ich ihn nicht sehen kann, weiß ich, dass er immer bei mir ist. Gott ist überall. *Julius, 10 Jahre*

Warum glauben die Christen nicht an viele Götter? *Willy, 8 Jahre*

Die Christen wollen Frieden. *Paul, 5 Jahre*

Die Christen glauben an Jesus. Sie glauben, dass er von den Toten auferstanden ist. *Carolin, 13 Jahre*

Die Christen stammen von den Juden ab. Nachdem Jesus gestorben war, bildeten die Jünger von Jesus eine Gruppe, die Christen hieß. Dies erreichten sie, indem sie Geschichten von Jesus weitererzählten. *Jasper, 11 Jahre*

Ein schönes Ereignis, das mit Religion zusammenhängt, war meine Erstkommunion. Zuerst waren wir in der Kirche und dann haben wir im Landgasthaus weitergefeiert. *Tim, 10 Jahre*

Äußerlich sehen Christen aus wie andere Menschen, aber innerlich sind sie anders, weil sie gläubig sind. *Felix, 9 Jahre*

Warum soll man seine Feinde lieben?

Johannes, 12 Jahre

Bei der Taufe hat die Pfarrerin Till auf den Arm genommen. Um das Taufbecken herum standen die Kinder, die Paten und die Eltern. Ich habe das Wasser eingegossen und die Pfarrerin hat eine nasse Hand durch das Haar von Till gestrichen. Sie hat gesagt: »Ich taufe dich im Namen des Vaters, des Sohnes und des Heiligen Geistes. Amen.«

Erik, 9 Jahre

Warum lässt Gott zu, dass in Afrika so viele Menschen sterben?

Elise, 11 Jahre

Im Kindergottesdienst haben wir Brot rundgegeben und Saft getrunken. Und wir haben schöne Kerzen gebastelt. *Jule, 6 Jahre*

Der Glaube der Christen unterscheidet sich nicht von anderen Glaubensarten. Wir haben zwar andere Feste, aber alle glauben an den gleichen Gott. Er hat nur einen anderen Namen.

Markus, 12 Jahre

Gott hat Himmel und Erde erschaffen. *Franz, 11 Jahre*

Die Christen gehen jeden Sonntag in die Kirche, um Mut für die neue Woche zu schöpfen.

Johannes, 9 Jahre

Die Engel beschützen uns jede Nacht.

Annika, 6 Jahre

Jesus beschützt uns. *Sebastian, 4 Jahre*

Jesus von Nazaret lebte vor 2000 Jahren in Israel, einem kleinen Land. Er wirkte nur drei Jahre lang öffentlich, und wurde kaum älter als dreißig. Doch seine Bewegung hat den Lauf der Geschichte beeinflusst. – Hier eine »Ikone« von ihm, ein Bild, wie es die orthodoxen Christen als heilig verehren.

Pilgern heißt: Mit den Füßen beten

Pilgern (man kann auch »wallfahren« sagen) ist ein Bedürfnis des religiösen Menschen. Juden pilgern nach Jerusalem, Muslime nach Mekka. Hindus wollen im Ganges baden, und Buddhisten meditieren in Klöstern ihrer Meister. Auf Bergen, in Tempeln, an Quellen oder Gräbern spüren Pilger: Hier ist ein heiliger Ort. Hier verdichtet sich unser Glaube. Hier schöpfen wir Kraft.

Auch Christen haben solche Stätten, an denen sie stärker als anderswo spüren, dass Gott ihnen nahe ist: in Jerusalem oder Rom, in Lourdes oder Fátima, in Tschenstochau, Altötting, Mariazell oder Einsiedeln beten sie zu ihrem Herrn, vielleicht inniger als sonst.

Die Pilger bringen ihr Leben mit: Sorgen und Freude, Leiden, Trauer und Schuld. Sie danken für eine glückliche Geburt oder bitten für einen Verwandten um Genesung; sie klagen über eine zerbrochene Ehe oder bereuen ein schlimmes Versagen; vielleicht auch loben sie einfach Gott für das Geschenk des Lebens.

Der Begriff »Pilger« kommt ursprünglich von dem lateinischen Wort »peregrinus«, das »Fremder« bedeutet. Der Pilger kommt in fremde Städte, fremde Länder, hört fremde Sprachen, isst fremde Speisen, begegnet fremden Sitten. Er nimmt Mühen auf sich, um sein Ziel zu erreichen, und weiß doch: Das Ziel liegt nicht am Wallfahrtsort, sondern dahinter, in der Gegenwart Gottes – und in ihm selbst …

Ein beliebter Wallfahrtsort ist die Stadt Santiago de Compostela im Nordwesten Spaniens, wo der Apostel Jakobus begraben sein soll. Seit dem Mittelalter ist dies neben Rom und Jerusalem der wichtigste Wallfahrtsort der Christenheit. Im Jahr pilgern rund 100 000 Menschen dorthin: Sie machen sich auf den sogenannten »Jakobsweg«. Der Jakobsweg beginnt dort, wo man anfängt, in Richtung Santiago de Compostela zu wandern. Das kann vor der eigenen Haustür sein, aber auch an bestimmten Orten in Europa, von denen seit Jahrhunderten die Pilgerwege ihren Ausgang genommen haben.

Ein Jakobsweg führt heute nicht nur durch Wald und Wiesen, über

Berge und Gewässer, sondern auch an stark befahrenen Straßen entlang und durch stinkende Vorstädte voller Verkehrslärm.

Schon seit Jahrhunderten sind die Schalen der Jakobsmuschel Erkennungszeichen der Jakobspilger. Sie trugen sie am Hut oder an der Kleidung, und heute tragen sie sie am Rucksack. An einem Pilgerweg gibt es Stationen, an denen innegehalten, gebetet und Gottesdienst gefeiert werden kann – nicht selten tragen Kirchen oder Kapellen am Jakobsweg den Namen des Heiligen Jakobus oder das Symbol der Muschel.

Man trifft auf dem Jakobsweg nicht nur katholische und evangelische Christen, sondern auch Anhänger anderer Religionen und Menschen, die mit Kirche und Religion nichts zu tun haben. Es sind Fromme und Spötter unterwegs, Sportler, die Kilometer »fressen«, und solche, die wegen der wertvollen Kunstwerke mitwandern, die man in den Orten am Weg bewundern kann. Sie kommen aus ganz Europa und aus Übersee.

Es sind gerade diese Begegnungen mit anderen Menschen, die den besonderen Reiz einer Wallfahrt ausmachen. Denn auf einem solchen Weg ist jeder gleich: Der Lehrer, der pensioniert wird und so den Beginn seines Ruhestandes begehen will, die Mutter, die bei der Krankheit ihres

Kindes das Versprechen abgelegt hat, sich auf den Jakobsweg zu begeben, der Student, der das preiswerte Abenteuer sucht, oder der Geschäftsmann, der aus seiner gewohnten Umgebung ausbrechen will. Alles, was sonst zwischen Menschen stehen könnte, fällt auf dem Jakobsweg weg, weil alle das gleiche Ziel haben: Santiago de Compostela.

Wer dort mit Blasen an den Füßen ankommt, meint vielleicht, er wäre schon im Paradies. Aber ins Paradies sind die Menschen noch unterwegs. Und das spüren alle Pilger, die ja – wie wir vom lateinischen Ursprung des Wortes wissen – eigentlich »Fremde« sind: fremd auf dieser Welt, die uns mehr Fragen als Antworten bietet.

Wer aus Santiago heimkehrt, für den geht die Pilgerreise noch weiter. Die Pilgerreise unseres Lebens endet erst an jenem Tag, da es heißt, Abschied zu nehmen von der Erde. Bis dahin sind Pilgerreisen wichtig: Nicht, weil man Gott dort wirklich näher wäre als zu Hause oder an einem anderen Ort, sondern weil man auf der Wallfahrt eher dazu bereit ist, Gott zu suchen, ihn zu finden.

Dr. Martin Thull

Menschensohn und Gottessohn: Jesus von Nazaret – Jesus Christus

Jesus von Nazaret ist die zentrale Gestalt des Christentums. Wie man ihn begreifen kann, darüber haben schon die Christen der ersten Jahrhunderte nachgedacht. Auf »Konzilien« in den Jahren 325 und 381 – das waren Versammlungen der Bischöfe – wurden Glaubensbekenntnisse formuliert, die besagen: Jesus war kein Mensch wie alle anderen; Jesus war wie Gott. Er ist der »Sohn Gottes«. Christen glauben: Schon bevor die Welt erschaffen wurde, hat Jesus bei Gott gelebt. Mit seiner Geburt ist Gott selbst ein Mensch geworden.

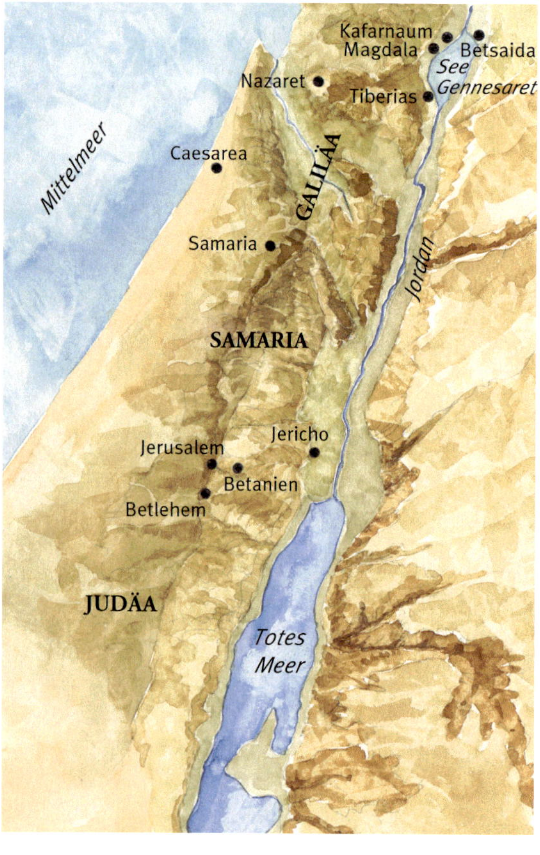

Vor etwa 2000 Jahren geboren

Fast alles, was man über Jesus weiß, stammt aus den Evangelien. Die Evangelien sind jedoch Glaubensbücher und enthalten keinen historischen Bericht. Jesus stammte aus der Stadt Nazaret. Seine Eltern hießen Maria und Josef. Die Bibel erzählt, Jesus sei in Bethlehem zur Welt gekommen. Damit will sie eine Verbindung zum großen König David herstellen, der in Bethlehem geboren wurde. Josef war Zimmermann oder Bauhandwerker. Vielleicht hat Jesus den gleichen Beruf erlernt.

Israel liegt im Vorderen Orient am östlichen Mittelmeer. Die Christen nennen es oft das »Heilige Land«, weil Jesus dort gelebt hat. Diese Karte zeigt das Gebiet zur Zeit des Neuen Testaments. Vor 2000 Jahren war es von den Römern besetzt.

Jesus spricht anders von Gott

Jesus war ein Jude. Er glaubte wie sein Volk an den Einen Gott. Als Jesus 30 Jahre alt war, verließ er seine Heimatstadt und zog durch die Lande. Einige Anhänger schlossen sich ihm an. Gemeinsam gingen sie von Stadt zu Stadt, von Dorf zu Dorf. Jesus deutete die heiligen Schriften ganz anders, als es bis dahin geschehen war, und sprach ungewöhnlich von Gott. Überall kamen viele Menschen zusammen, um ihm zuzuhören. Er tröstete Traurige und heilte Kranke, er konnte fasten und feiern, er diskutierte mit Gelehrten und spielte mit Kindern.

Die Vorstellung von Jesus Christus hat sich im Laufe der Zeit oft verändert: Mal wurde er als Herrscher der Welt verehrt, mal als Hirte verlorener Schafe oder als Bruder der Menschen. Die meisten seiner Zeitgenossen sahen in ihm einen Rabbi. »Rabbis« gibt es bis heute. Das sind im Judentum Lehrer und Meister des Glaubens.

Tod und Auferstehung

Zur der Zeit, als Jesus lebte, war sein Land von den Römern besetzt. Römische Soldaten waren überall im Land und zeigten, dass der Kaiser im fernen Rom die Macht über das Land hatte. Was Jesus predigte, passte einigen Mächtigen nicht, weil sie befürchteten, er könne einen Aufruhr anstacheln. Jesus wurde von einem Freund verraten, verurteilt, gefoltert, an einem Kreuz hingerichtet und begraben. Christen glauben aber, dass Gott Jesus vom Tod auferweckt hat. Deswegen sagen sie: Jesus lebt – bei Gott und mitten unter den Menschen in der Welt.
Der Glaube an die Auferstehung Jesu verbindet alle Christen.

Das Bild Gottes auf der Erde

Der »Messias« ist im jüdischen Glauben der König eines Gottesreichs auf Erden. Er bringt Frieden und Gerechtigkeit. Für Christen ist Jesus der Messias. Das griechische Wort für »Messias« heißt »Christus«. Übersetzt bedeutet es: »der Gesalbte«. Früher führte man die Könige durch eine heilige Salbung mit Öl in ihr Amt ein. Für jene, die an ihn glauben, hat Gott selbst Jesus Christus auf die Erde gesandt, damit alle erkennen können, wer Gott ist und was Gott will.

Jesus erzählte den Menschen von Gottes Liebe und mahnte sie zur Umkehr: »So, wie ihr jetzt lebt, könnt ihr nicht zu Gott gehören. Ändert euer Leben!« Was Jesus sagte, wird mit dem Wort »Evangelium« zusammengefasst. Das bedeutet: »Frohe Botschaft«. Seine berühmteste Rede ist die sogenannte Bergpredigt. Darin werden alle »selig« gepriesen, die in der Welt zu kurz kommen: arme, traurige und friedfertige Menschen.

Jesus auf den Philippinen

Die Philippinen sind eine große Inselgruppe in Südostasien. Tausende von Inseln bilden zusammen einen Staat, die Republik der Philippinen. Die Hauptstadt heißt Manila. Etwa neun Zehntel der Einwohner, die »Filipinos« genannt werden, sind Christen, die meisten davon Katholiken.

Wer als Ausländer auf die Philippinen kommt, gewinnt den Eindruck, dass dies ein armes Land ist. Überall sind viele Kinder. Fünf oder mehr Kinder in einer Familie sind nicht selten. Europäer verstehen das oft nicht, und meinen, dass es den Menschen dort besser ginge, wenn sie weniger Kinder hätten. Die Filipinos sehen das ganz anders: Kinder sind wichtig, Kinder lassen auf eine bessere Zeit hoffen. Den Kindern gehört die Zukunft!

Das zeigt sich auch im Glauben der Filipinos. Im Evangelium stellt Jesus seinen Jüngern einmal die Frage: »Für wen haltet ihr mich?« (Markusevangelium 8,29) Die Antwort hat mit der Kultur und mit dem Leben der Menschen zu tun, denen diese Frage gestellt wird. Sie stellen sich Jesus so vor, dass er einer von ihnen ist: zum Beispiel in Europa weiß, in Asien asiatisch, in Afrika schwarz … Für die Filipinos sind vor allem zwei Bilder von Jesus wichtig:

Auf der Insel Cebu im Süden der Philippinen wird Jesus seit fast 450 Jahren als der »Señor Santo Niño« verehrt. Das ist spanisch und heißt übersetzt: »Der Herr, das Heilige Kind«. Eine kleine Figur, fast wie eine Puppe, stellt dieses Kind Jesus dar. Es trägt ein goldenes Gewand, eine Krone, ein Zepter und einen Reichsapfel – Zeichen für einen König. In vielen Wohnungen gibt es Statuen oder Abbildungen vom Heiligen Kind von Cebu, manchmal kostbar verziert, manchmal aus einfachem Plastik. Ebenso findet man den Santo Niño überall in der Öffentlichkeit, als Figur, Bild oder Sticker, in Kaufhäusern, Restaurants, Arztpraxen oder an den Rückspiegeln von Taxis. Jedes Jahr am dritten Sonntag im Januar wird das Santo-Niño-Fest gefeiert.

Das andere Bild von Jesus, das für die Filipinos wichtig ist, ist das vom Leidenden Jesus. Auch dieses Bild – wie das vom Santo Niño – wurde von spanischen Missionaren auf die Philippinen gebracht. Es gibt viele Statuen oder Bilder, die Jesus mit der Dornenkrone zeigen, wie er das Kreuz trägt. Wenn die Filipinos auf Jesus schauen, wie er leidet, dann empfinden sie, dass er ihnen nahe ist. Es gibt viel Armut und Ungerechtigkeit im Land, und viele fühlen sich hilflos – aber ihr Glaube an Jesus, der selbst gelitten und das Kreuz getragen hat, gibt ihnen Kraft und Hoffnung.

Wenn Jesus in diesen beiden Bildern dargestellt wird, können die Menschen ihn verstehen: Er ist ein Kind – und zugleich ein König. Als Kind ist er den Menschen ganz nahe gekommen, aber er ist kein Kind geblieben, er hat als erwachsener Mann gelitten, wie viele Filipinos heute leiden.

Auf die Frage Jesu: »Für wen haltet ihr mich?« antworten viele Filipinos: »Jesus, du bist ganz nahe bei uns. Du bist als Kind auf die Welt gekommen. So wie unsere Kinder bist du für uns die Zukunft. Jesus, du weißt, was unsere Armut und unser Leiden bedeuten. Du hast gelitten, wie wir leiden. Aber du bist stärker als das Leid, du hast nicht aufgegeben. Du bist unsere Hoffnung.«

P. Martin Üffing SVD, Steyler Missionar

Zu Besuch im Heiligen Land

Miriam (12) aus Tel Aviv-Jaffa (Israel) erzählt:

Boker tov und *shalom*! Das heißt »Guten Tag« und »Friede!« So begrüßen wir einander in meinem Land, von dem ich euch nun erzählen will. Ich heiße Miriam, bin zwölf Jahre alt und lebe in Israel. Das ist ein kleiner Staat am südöstlichen Rand des Mittelmeers. Israel ist etwas kleiner als das deutsche Bundesland Hessen. An seiner schmalsten Stelle ist es nur 15 km breit – man könnte bequem in einem Tag von der Grenze zum Meeresstrand spazieren!

Im Sommer wird es sehr heiß hier, vor allem in der Wüste. Aber es gibt im Norden Israels auch hohe Berge, auf denen im Winter mehrere Monate lang Schnee liegt.

Betrachtet man Israel auf einem Satellitenfoto, dann sieht man, dass das Land im Norden und in der Mitte von der Meeresküste bis zum Fluss Jordan ganz grün aussieht, wie ein großer Garten; im Süden nicht, denn dort liegt die Wüste Negev. Das Tote Meer, durch das der Jordan hindurchfließt, ist zehnmal so salzig wie Meerwasser, sodass man darauf schwimmt wie ein Korken. Fische können darin keine leben. Aber der See Gennesaret im Norden Israels war schon in der Zeit der Bibel reich an Fischen, und er ist es heute noch.

»Heiliges Land« wird Israel genannt, denn vieles, was in der Bibel erzählt wird, ist hier geschehen. Die Hauptstadt Israels ist Jerusalem. Das bedeutet »Stadt des Friedens«. Sie ist etwa viertausend Jahre alt, vielleicht noch älter. Über 800-mal wird Jerusalem in der Bibel erwähnt.

Wir haben in der Schule eine Menge über die Geschichte unseres Landes gelernt: Rund tausend Jahre vor der Zeitenwende eroberte König David die Stadt und machte sie zur Hauptstadt des Israelitenreichs. Sein Sohn und Nachfolger König Salomo ließ in Jerusalem den ersten Tempel erbauen.

Die Menschen im Heiligen Land lebten vom Ackerbau und von der Viehzucht. Sie bewässerten und bebauten ihre Felder und hüteten ihre Schaf- und Rinderherden. Sie erzeugten Getreide, Olivenöl und Wein, Datteln und Honig, Flachs und Wolle.

König Nebukadnezar II. von Babylon eroberte etwa im Jahr 600 vor der Zeitenwende Jerusalem, und verschleppte das jüdische Volk ins Babylonische Exil. Einige Jahrzehnte später durften die Juden heimkehren und auch den Tempel in Jerusalem wieder aufbauen. Danach gehörte das Heilige Land einige Jahrhunderte lang zu verschiedenen orientalischen Reichen, bis es die Römer im 1. Jahrhundert vor der Zeitenwende eroberten.

Die Römer setzten Verwalter in den Provinzen ihres Reiches ein. Einer von ihnen, Quirinius, musste eine Volkszählung organisieren und die Bevölkerung in Steuerlisten eintragen lassen. Zu der Zeit lebte in der Stadt Nazaret ein Bauhandwerker namens Josef mit seiner Braut Maria. Nazaret liegt westlich vom See Gennesaret. Es muss damals ein Dorf mit wenigen hundert Menschen gewesen sein. Heute sind es zwei Schwesterstädte mit etwa 120 000 Einwohnern.

Nach dem Lukas-Evangelium musste Josef mit Maria nach Betlehem reisen, um sich eintragen zu lassen. Das liegt etwa 9 km südlich von Jerusalem und ist von Nazaret in der Luftlinie 113 km weit weg – über die Berge, über Stock und Stein, ist das eine weite Reise für eine Frau, die ein Baby erwartet und auf einem Esel reiten muss!

Jesus wuchs in Nazaret auf. Später ließ er sich von Johannes dem Täufer im Jordan taufen. Danach begann sein öffentliches Wirken. Viele Orte, an denen er predigte, liegen um den See Gennesaret herum, wie Kafarnaum, Magdala oder Betsaida.

Einige Jahre lang zog Jesus durch die Lande, wirkte Wunder und Zeichen und sammelte Jünger und Gefährten um sich und predigte in den Synagogen. Dann zog er auf einem Esel in Jerusalem ein. Seine Anhänger huldigten ihm, indem sie Palmzweige auf die Straße legten. Es war zur Zeit des Pessachfests, an dem die Juden des Auszugs aus Ägypten gedenken. Die Gläubigen pilgerten jedes Jahr zu Pessach nach Jerusalem, um den Tempel auf dem Zionsberg aufzusuchen.

Ein Lagerplatz für Pessach-Pilger war der Garten Getsemani am Fuße des Ölbergs. Der Ölberg liegt nordöstlich des Jerusalemer Tempelbergs. Er heißt so, weil er schon damals mit Olivenbäumen bewachsen war. Die Evangelien erzählen, dass Jesus die Nacht vor seiner Verhaftung mit seinen Gefährten im Garten Getsemani verbrachte. Man beschuldigte ihn, das Volk aufzuwiegeln, und verurteilte ihn zum Tode. Er wurde auf einem Hügel vor der Stadt gekreuzigt, der Golgota hieß; das bedeutet »Schädelstätte«.

An dem Ort, wo Jesus ins Grab gelegt wurde, befindet sich die Grabeskirche. Sie ist das bedeutendste Heiligtum der Christenheit.

Die Juden im Heiligen Land erhoben sich mehrmals gegen die römische Besatzungsmacht. Im Jahr 70 n. Chr. wurde der Jerusalemer Tempel von den Römern im Krieg zerstört. Nur die 48 m lange und 18 m hohe Westmauer blieb erhalten, die sogenannte »Klagemauer«. Sie ist die heiligste Stätte des Judentums. Hier beten alle Tage fromme Pilger und stecken Zettel mit Gebeten in die Mauerritzen.

Auf dem Tempelberg, über dem Felsen, von dem aus nach islamischer Überlieferung der Prophet Mohammed in den Himmel auffuhr, errichteten die Muslime um 700 n. Chr. ein Bauwerk, dessen Kuppel seit 1963 golden glänzt, den Felsendom. Der Tempelberg ist auch die drittheiligste Stätte des Islam.

Heute gibt es in Jerusalem über dreißig Religionsgemeinschaften, und wir wollen hoffen und beten, dass Jerusalem eines Tages eine Stadt der Versöhnung und des Friedens für alle Menschen sein wird.

Das heilige Buch:
Die Bibel

Das Wort »Bibel« kommt vom griechischen Wort »biblion« und bedeutet: »Buch«. Die Bibel ist das heilige Buch der Christen. Sie vereinigt viele verschiedene Bücher in sich: Abenteuererzählungen und Kriegsberichte, Liebesgeschichten, Legenden und Familienromane. In der Bibel findet man Lieder, Gebete und kluge Weisheiten. – Die Bibel ist ein Buch der Rekorde: Kein anderes wurde häufiger gedruckt und in mehr Sprachen übersetzt. Weltweit werden jedes Jahr über 20 Millionen Exemplare hergestellt – in über 2 200 verschiedenen Sprachen. In jedem Gottesdienst der Christen wird aus der Bibel vorgelesen.

Wie die Bibel geordnet ist

Die Bibel wird unterteilt in das Alte und das Neue Testament. »Testament« ist ein lateinisches Wort. Es bedeutet etwa: »Vertrag, letzter Wille, Vermächtnis, Bündnis«. Das Alte Testament berichtet vom Bündnis Gottes mit dem Volk Israel, das Neue Testament von Jesus und den ersten Christen. Jedes Buch der Bibel hat einen Namen. Die Bücher sind in Kapitel aufgeteilt, die Kapitel in kleine Abschnitte, die man Verse nennt. So kann man jede Stelle schnell finden.

Die Autoren der Bibel

Manche Christen glauben: Gott selbst hat die Bibel geschrieben, er spricht aus jedem Wort. Andere meinen: Glaubende Menschen erzählen in der Bibel von ihren Erfahrungen mit Gott; man kann die Bibel nicht als wissenschaftliches Buch verstehen. Verfasst wurde die Bibel von vielen verschiedenen Autoren, in verschiedenen Ländern, zu verschiedenen Zeiten. Die ältesten Texte sind rund 1000 Jahre vor Christus geschrieben worden, die jüngsten 100 Jahre nach seinem Tod.

Die Evangelien

»Evangelium« ist ein griechisches Wort und bedeutet »Frohe Botschaft« oder »Gute Nachricht«. Die Evangelien erzählen von der Geburt, vom Leben und Wirken, vom Tod und von der Auferstehung des Jesus von Nazaret. In den ersten Jahren nach seinem Tod gaben seine Freunde mündlich weiter, was er gesagt und getan hatte. Manche notierten auch kleine Texte. Erst ab etwa vierzig Jahren später wurde das, was man von Jesus berichtete, von vier Männern gesammelt, geordnet und der Reihe nach aufgeschrieben. Das sind Matthäus, Markus, Lukas und Johannes. Man nennt sie »Evangelisten«.

Paulus

Paulus war zunächst ein Gegner der ersten Christen, wurde aber dann zum größten Missionar der frühen Kirche: Er unternahm viele Reisen und verkündete den christlichen Glauben unter den »Heiden«. Seine Briefe an verschiedene Gemeinden sind im Neuen Testament überliefert.

Aus fremden Sprachen übersetzt

Das Alte Testament wurde ursprünglich auf Hebräisch geschrieben. Diese Sprache schreibt man von rechts nach links. Das Neue Testament verfasste man auf Griechisch. Auch die Schrift dieser Sprache sieht anders aus als unsere. Schon vor mehr als tausend Jahren übersetzte man die Bibel in die lateinische Sprache. Latein konnten aber nur die studierten Leute verstehen. Vor etwa 500 Jahren übersetzte Martin Luther die Bibel ins Deutsche.

Im Jahr 1947 fand ein Beduinenjunge in einer Höhle in Qumran (einer Wüstenlandschaft in Israel) Tonkrüge, in denen sich über 2000 Jahre alte handgeschriebene Bibeltexte befanden. Von den biblischen Büchern ist keines mehr im Original erhalten. Wir haben heute nur Abschriften.

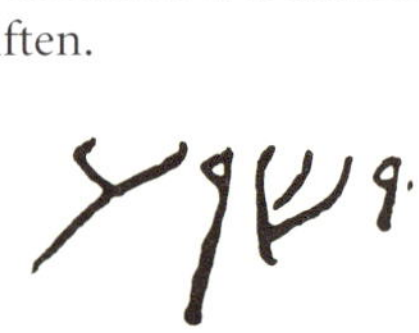

ΙΗΣΟΥΣ

Der Name »Jesus« in hebräischer und griechischer Schreibweise zu seiner Zeit.

Bis zum Ende des Mittelalters mussten die Bibeln von Hand abgeschrieben werden; diese Aufgabe verrichteten Mönche. Solche Bibeln waren sehr kostbar, denn darin steckten Tausende Stunden Arbeit und – für das Pergament – die Haut vieler Tiere. Eine solche Bibel konnten sich nur Herrscher und Klöster leisten.

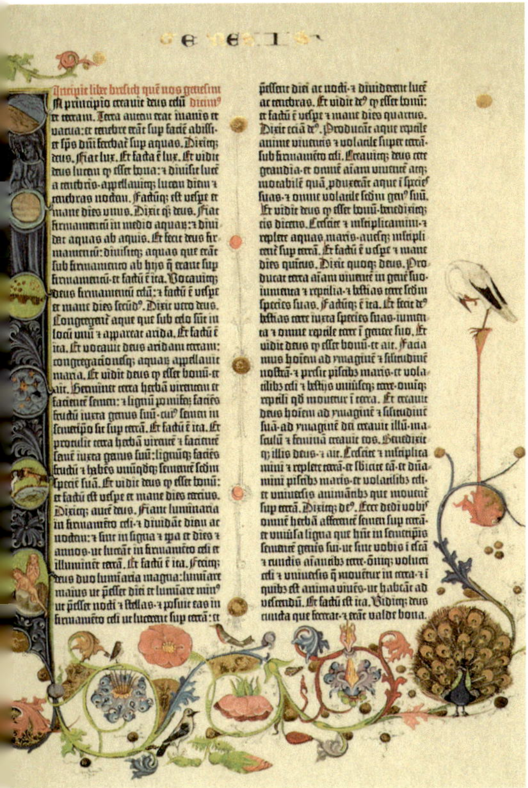

Mit der Erfindung des Buchdrucks durch Johannes Gutenberg (1400–1468) wurde es einfacher und billiger, Bibeln herzustellen.

Alte Geschichten, die erzählen, warum die Welt so geworden ist, wie sie ist, nennt man »Mythos«. Solche Geschichten gibt es auch in der Bibel, etwa die vom Paradies: Am Anfang der Welt war alles gut, aber dann wurden Adam und Eva ungehorsam gegen Gott. Das war der Anfang des Bösen und aller Mühen des Lebens. (Illustration, um 1415)

Mit Abraham durch die Bibellesenacht

Anna (13) erzählt von einer Bibellesenacht in Landsberg am Lech (Bayern):

Unsere Pfarrgemeinde hat uns zu einer »Bibellesenacht« für Kinder ins Pfarrzentrum eingeladen. Das Motto lautet »Mit Abraham durch die Bibellesenacht«.

Im Pfarrsaal ist an der Decke ein blaues Netz befestigt, das den Himmel darstellt. Von dem Netz hängen viele Fäden herab. Ein großes kreisrundes Tuch aus verschiedenfarbigen Stoffbahnen ist in der Mitte an der Decke aufgehängt worden. Wir knien im Kreis darum herum, fassen es am Rand und breiten es aus wie einen Schirm oder ein Zelt. In diesem Zelt sollen wir uns ein wenig in das Nomadenleben einfühlen.

Ein größeres Mädchen spielt ein Nomadenmädchen aus Abrahams Zeit. Sie erzählt von den Sitten und Bräuchen der Nomaden. Auch Abraham und seine Sippe waren Nomaden.

Gott fordert Abraham auf, in das Land Kanaan zu ziehen. Er will es ihm und seinen Nachkommen geben (1. Mose 12,1–3). Dunkelheit, leise Musik und brennende Kerzen sollen uns auf die Berufung Abrahams einstimmen. Gebannt lauschen wir schließlich den Worten von Gott an Abraham: »Abraham, Abraham, verlass dein Land und deinen Stamm …«

Abraham setzt diese Worte in die Tat um. Mit seiner Frau Sara, seinem Neffen Lot, mit Knechten und Mägden, mit seinen Viehherden und seinem ganzen Besitz macht er sich mit dem Segen Gottes auf den Weg ins Land Kanaan.

An der Wand hängen »Segenskarten« auf einem blauen Stoffhintergrund. Sie sind etwa so groß wie ein Briefbogen. Auf jeder Karte ist in der oberen Hälfte ein Segensspruch zu lesen, zum Beispiel: »Gott sei neben dir, um dich in die Arme zu schließen und dich zu schützen.« Unten auf dem Blatt ist links das Bild von Abraham im grünen Gewand mit dem Gebetsschal aufgedruckt; daneben ist noch Platz.

Jedes Kind sucht sich eine Segenskarte aus, spricht seinen Segenswunsch Abraham zu und hängt die Karte mit einer Wäscheklammer an das blaue Himmelsnetz.

Wir malen, basteln und hören viele Geschichten von Abraham, seiner Frau Sara und seinem Neffen Lot. Zum Beispiel wird erzählt, dass Abraham und Sara keine Kinder hatten und darüber traurig waren. Als sie schon sehr alt waren, schenkte Gott ihnen noch einen Sohn: Isaak. Sie konnten es kaum glauben.

Wir legen uns im abgedunkelten Raum unter unseren »Sternhimmel« und hören ein Lied, in dem Abraham sich über die Geburt seines Sohnes freut.

Abraham hat sich trotz vieler Ungewissheiten ganz unter den Segen Gottes gestellt. Wir stellen uns unter unsere Segenskarten, und unsere Katechetin macht jedem Kind ein Kreuzzeichen auf die Stirn. Dann werden die Segenskarten abgehängt, und wir dürfen wieder basteln:

Am Anfang des Abends ist von jedem Kind ein Foto gemacht worden. Wir stehen darauf mit ausgebreiteten Armen, wie der Abraham auf dem gemalten Bild. Um den Segen darzustellen, schneiden wir uns aus den Fotos aus und kleben unser eigenes Bild neben den Abraham auf der Segenskarte. Die Segenskarten werden mit einem blauen Rahmen und mit Sternen beklebt, und wir bemalen und schmücken sie.

Wir legen die fertigen Segenskarten im Kreis aus und stellen in die Mitte eine Kerze. Ein Nachtgebet im Freien unter dem Sternhimmel bildet den Abschluss unserer Bibellesenacht. Wir vertrauen darauf, dass Gott unser Leben begleitet und segnet.

Regina Weber-Mittermeier

Vom verlorenen Sohn und dem barmherzigen Vater

Ein Mann hatte zwei Söhne. Eines Tages sagte der Jüngere zu ihm: »Vater, ich will jetzt schon meinen Anteil am Erbe ausbezahlt haben.« Da teilte der Vater sein Vermögen unter ihnen auf. Nur wenige Tage später packte der jüngere Sohn alles zusammen, verließ seinen Vater und reiste ins Ausland.

Endlich konnte er sein Leben in vollen Zügen genießen. Er leistete sich, was er wollte, bis er schließlich keinen Pfennig mehr besaß. Zu allem Unglück brach in dieser Zeit eine große Hungersnot aus. Es ging ihm sehr schlecht. In seiner Verzweiflung bettelte er so lange bei einem Bauern, bis der ihn zum Schweinehüten auf die Felder schickte. Oft quälte ihn der Hunger so, dass er froh gewesen wäre, etwas vom Schweinefutter zu bekommen. Aber selbst davon erhielt er nichts.

Da kam er zur Besinnung: »Bei meinem Vater hat jeder Arbeiter mehr als genug zu essen, und ich sterbe hier vor Hunger. Ich will zu meinem Vater gehen und ihm sagen: Vater, ich bin schuldig geworden an Gott

und an dir. Sieh mich nicht länger als deinen Sohn an, ich bin es nicht mehr wert. Aber kann ich nicht als Arbeiter bei dir bleiben?« Er stand auf und ging zurück zu seinem Vater.

Der erkannte ihn schon von Weitem. Voller Mitleid lief er ihm entgegen, fiel ihm um den Hals und küsste ihn. Doch der Sohn bekannte: »Vater, ich bin schuldig geworden an Gott und an dir. Sieh mich nicht länger als deinen Sohn an, ich bin es nicht mehr wert.« Sein Vater aber befahl den Knechten: »Beeilt euch! Holt den schönsten Anzug, den wir im Hause haben, und gebt ihn meinem Sohn. Bringt auch einen kostbaren Ring und Schuhe für ihn! Schlachtet das Kalb, das wir gemästet haben! Wir wollen feiern! Mein Sohn war tot, jetzt lebt er wieder. Er war verloren, jetzt hat er zurückgefunden.« Und sie begannen ein fröhliches Fest.

Inzwischen kam der ältere Sohn nach Hause. Er hatte auf dem Feld gearbeitet und hörte schon von weitem die Tanzmusik. Erstaunt fragte er einen Knecht: »Was wird denn hier gefeiert?« – »Dein Bruder ist wieder da«, antwortete der Knecht ihm. »Dein Vater hat sich darüber so gefreut, dass er das Mastkalb schlachten ließ. Jetzt feiern sie ein großes Fest.« Der ältere Bruder wurde wütend und wollte nicht ins Haus gehen. Da kam sein Vater zu ihm und bat: »Komm und freu dich mit uns!« Doch der Ältere entgegnete ihm bitter: »Wie ein Arbeiter habe ich mich all diese Jahre für dich geschunden. Alles habe ich getan, was du von mir verlangt hast. Aber nie hast du mir auch nur eine junge Ziege gegeben, damit ich mit meinen Freunden einmal hätte richtig feiern können. Und jetzt, wo dein Sohn zurückkommt, der dein Geld mit Vergnügungen durchgebracht und alles verprasst hat, jetzt gibt es gleich ein Fest, und du lässt sogar das Mastkalb schlachten!« Sein Vater redete ihm zu: »Mein Sohn, du bist immer bei mir gewesen. Was ich habe, gehört auch dir. Darum komm, wir haben allen Grund zu feiern. Denn dein Bruder war für uns tot, jetzt hat für ihn ein neues Leben begonnen. Er war verloren, jetzt hat er zurückgefunden!«

Nach dem Evangelium nach Lukas, Kapitel 15, Verse 11 bis 32

Worauf Christen vertrauen: Der Glaube

Das Christentum gründet auf dem Glauben an einen Gott, der unendlich, allmächtig und allwissend ist. Gott ist nie von einem Menschen gesehen worden, er ist verborgen und doch überall gegenwärtig. Christen glauben: Unsere Welt ist nicht zufällig entstanden, sondern von Gott gewollt: Er hat die Welt erschaffen und greift immer wieder in ihren Lauf ein, am stärksten dadurch, dass er seinen Sohn Jesus Christus auf die Erde gesandt hat. Christen glauben: Gott will Heil und Leben für alle Menschen. Sie bringen im Gottesdienst und im persönlichen Gebet, in Liedern und im Schweigen alle Anliegen vor Gott: Verehrung, Lob, Dank, Bitte, Klage. Im »Credo« sind die Grundlagen des Glaubens zu einem Bekenntnis zusammengefasst.

Heiliger Geist

Die Bibel erzählt: Am Anfang der Welt war der Heilige Geist da, eine Kraft, die Menschen anrührt und zum Guten verändert. Der Heilige Geist schenkt Weisheit, Einsicht, Rat, Erkenntnis, Stärke, Frömmigkeit und Gottesfurcht. – Nach christlichem Glauben bildet der Heilige Geist gemeinsam mit Gott, dem Vater, und seinem Sohn Jesus Christus die Dreifaltigkeit. Diese drei gehören untrennbar zusammen: »Im Namen des Vaters und des Sohnes und des Heiligen Geistes« werden die Christen getauft. So beginnen und enden die Gottesdienste.

Mit verschiedenen Bildern stellen die Christen den Heiligen Geist dar: als Feuer und Flamme, als Wind und Sturm, als Atem oder – wie hier in einem Kirchenfenster aus dem Petersdom in Rom – als Taube, die vom Himmel herabkommt.

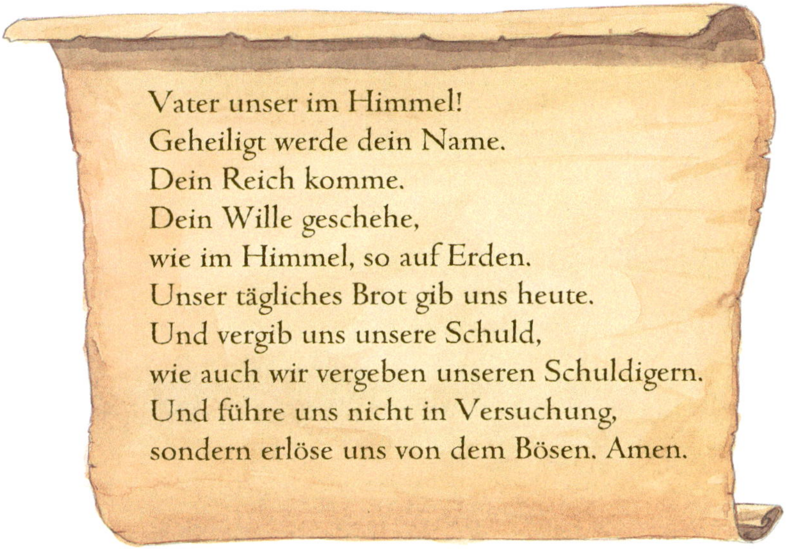

Das Vaterunser

Jesus hat alle Glaubenden ermutigt, Gott als ihren »Vater« anzusehen. Jesus selbst nannte ihn »Abba«, das heißt: Papa. Wenn Gott der Vater aller Menschen ist, sind sie untereinander Schwestern und Brüder. Von Jesus stammt das »Vaterunser«, das wichtigste Gebet der Christen:

Himmel und Hölle

Was erwartet einen Menschen nach dem Tod? Christen sprechen davon in Bildern: »Himmel« meint ein Weiterleben bei Gott, ohne alle Leiden, die es auf der Erde gibt. »Hölle« bezeichnet das ewige Getrenntsein von Gott. Im Mittelalter stellte man sich die Hölle als ein übelriechendes Folterreich vor, in dem die Verdammten gequält werden.

Theologie

Christen sind überzeugt, dass sich Gott »offenbart«, das heißt, dass er durch die Natur, besondere Ereignisse, auserwählte Personen oder die Heilige Schrift zu den Menschen spricht. Das systematische Nachdenken darüber nennt man »Theologie«, die »Lehre von Gott«. Die Theologie hat im Lauf der Zeit ihre Bilder von Gott immer wieder gewandelt. Was als unumstößlich wahr und richtig erkannt wird, ist ein »Dogma«, ein Glaubensgrundsatz.

Moderne »Lehren von Gott«

In Südamerika entstand die »Befreiungstheologie«. Danach befreit Christus die Menschen zu einem erfüllten Leben, wenn sie sich für Gerechtigkeit und Frieden einsetzen. Die »Feministische Theologie« zeigt die weibliche Seite Gottes: Auch wenn die Christen Gott ihren Vater nennen, ist er kein Mann im irdischen Sinne.

Jesus von Nazaret hielt mit seinen engsten Anhängern am Abend vor seinem Tod das Letzte Abendmahl. Christen holen die Vergangenheit in die Gegenwart, wenn sie das Abendmahl im Gottesdienst feiern: Im Empfang von Brot und Wein fühlen sie Christus unter sich lebendig.

Maria, die Mutter von Jesus, wird von katholischen und orthodoxen Christen als besonderes Vorbild für die Hingabe an Gott verehrt.

Das Apostolische Glaubensbekenntnis

Man nennt das Glaubensbekenntnis nach seinem Anfang auch »Credo«; das ist lateinisch und bedeutet: »Ich glaube«. Eine erste Fassung des Credo entstand bereits im 2. Jahrhundert in Rom. Gläubige, die sich taufen lassen wollten, bekannten damit ihren Glauben an Gott den Vater, an Jesus und an den Heiligen Geist.

Doch damals war die Kirche noch jung. Die ersten Generationen der Christen entwickelten erst mit der Zeit in langen Diskussionen (und auch Streitereien), woran sie eigentlich glaubten: Was sollte von der jüdischen Religion bewahrt werden? Welche Vorstellungen durften aus der griechischen und römischen Welt einfließen? Wogegen musste man sich abgrenzen?

Einst waren verschiedene christliche Glaubensbekenntnisse im Umlauf. Das römische setzte sich schließlich durch. Man nannte es »apostolisch«, und das zeigt, wie herausragend es war, auch wenn es sicher nicht von den Aposteln selbst formuliert wurde. Vom 8. Jahrhundert an verbreitete sich das Credo mit dem Christentum über ganz Europa.

Seither wurde das Glaubensbekenntnis unzählige Male beim Gottesdienst gesprochen. Aber wie konnten und können im Lauf der Jahrhunderte all die vielen Christen mit den gleichen Worten einen Glauben ausdrücken, der sich doch ständig verändert? Das eben ist das Besondere an diesen Worten: Sie werden nicht alt, weil der Glaube jung bleibt. Tastet man das Credo aus Ehrfurcht nicht an, wird es schnell nichtssagend und staubig wie ein Denkmal vergangener Herrlichkeit. Behandelt man das Credo wie ein Gesetz, schreckt es ab.

Ist die Welt zufällig entstanden oder von Gott gewollt? – Im Glaubensbekenntnis, dem »Credo«, heißt es: »Ich glaube an Gott, den Schöpfer des Himmels und der Erde.«

Das Apostolische Glaubensbekenntnis

Ich glaube an Gott,
den Vater, den Allmächtigen,
den Schöpfer des Himmels und der Erde,
und an Jesus Christus, seinen eingeborenen Sohn, unsern Herrn,
empfangen durch den Heiligen Geist,
geboren von der Jungfrau Maria,
gelitten unter Pontius Pilatus,
gekreuzigt, gestorben und begraben,
hinabgestiegen in das Reich des Todes,
am dritten Tage auferstanden von den Toten,
aufgefahren in den Himmel;
er sitzt zur Rechten Gottes, des allmächtigen Vaters;
von dort wird er kommen,
zu richten die Lebenden und die Toten.
Ich glaube an den Heiligen Geist,
die heilige katholische/christliche Kirche,
Gemeinschaft der Heiligen,
Vergebung der Sünden,
Auferstehung der Toten
und das ewige Leben. Amen.

Die Kirche braucht das Credo als Fundament. Die Glieder der Kirche brauchen es, um sich daran immer wieder neu auszurichten. Solange das Credo befragt wird, bleibt es lebendig. Fragen signalisieren Interesse. Erst wenn die Fragen aufhören, kommt die Gleichgültigkeit.

Oma ist tot

Ich geh da nicht rein! Ich muss ja nicht. Papa hat gesagt, es ist total in Ordnung, wenn ich nicht reingehe. Obwohl, ich möchte eigentlich schon. Aber ich fürchte mich. Nicht so, wie wenn ich abends alleine zu Hause bin und mir vorstelle, unter meinem Bett liegen böse Männer oder so. Aber sie wird bestimmt irgendwie komisch aussehen – ganz anders. Tot eben.

Ich stehe draußen vor der Tür der Friedhofskapelle. Drinnen steht der offene Sarg mit meiner Oma Amalie. Eigentlich war sie meine Uroma, also die Mutter meiner Oma Irmgard und die Oma meiner Mama. Aber für uns war sie immer nur die Oma Amalie. Sie war sehr alt, zuletzt so schwach, dass sie kaum noch sprechen konnte.

Wir wussten, dass sie nicht mehr lange leben würde. Sie wollte ja auch nicht mehr leben. Sie sagte oft, sie sei müde und wolle sich endlich ausruhen. Aber als sie dann wirklich starb, wurde ich sehr traurig. Als ich vorgestern aus der Schule kam, sagte Mama: Wir wollen eine Kerze anzünden für Oma Amalie. Da wusste ich sofort, was los war.

Oma Amalie war einfach eingeschlafen und morgens nicht mehr aufgewacht. Ganz friedlich, sagt Mama. Aber ich musste trotzdem furchtbar weinen. Vielleicht gar nicht deswegen, weil die Oma tot ist, sondern überhaupt. Weil es den Tod gibt.

Das kann ich mir gar nicht vorstellen: Sie ist weg, für immer. Sie wird nie mehr zurückkommen und etwas zu uns sagen. Nun liegt sie da drinnen, im offenen Sarg. Heute können wir sie noch einmal anschauen. Morgen wird sie beerdigt.

Ich will hineingehen, aber mir ist ganz mulmig im Bauch. Nein, ich gehe da lieber nicht rein. Wozu denn? Obwohl, ich will wissen, ob es wirklich Oma Amalie ist, die da liegt. Und ob sie wirklich tot ist. Ganz echt tot.

Ich hole tief Luft, drücke die Klinke und öffne die Tür zur Friedhofskapelle, die ein wenig quietscht. Meine Eltern sitzen ganz vorn in der ersten Reihe und drehen sich nach mir um, auch Oma Irmgard. Sie lächelt mir zu, dabei hat sie ganz rote Augen. Ich presse die Lippen aufeinander und gehe langsam vor zum Sarg, Schritt für Schritt. Mein Hals ist ganz trocken.

Oma Amalie liegt da, als würde sie schlafen. Die Augen geschlossen, die Hände gefaltet, zwischen den Fingern einen Rosenkranz. Aber ihre Haut sieht so seltsam aus, wie aus Wachs. Und die Wangen sind eingefallen, und die Haare so glatt.

Ich stehe jetzt ganz dicht neben dem Sarg. Mama kommt neben mich. »Oma Amalie geht es jetzt besser«, sagt sie. »Willst du sie noch einmal berühren?« Zaghaft strecke ich eine Hand aus und lege sie behutsam auf Omas gefaltete Hände – aber nur ganz kurz, denn Omas Hände sind so kalt. Ich ziehe erschrocken die Hand zurück.

»Ich will raus«, flüstere ich, und Papa begleitet mich nach draußen. Da muss ich wieder weinen. Papa drückt mich zärtlich an sich, sagt aber nichts. Als ich mich wieder beruhigt habe, sage ich: »Sie sah aus wie Oma Amalie, aber irgendwie war es nicht die Oma Amalie.«

»Das stimmt«, gibt mir Papa Recht. »Das war ja nur noch der Leichnam von ihr, wie eine Hülle. Da ist jetzt kein Leben mehr drin. Das, was noch lebt, das ist die Seele.«

»Und wo ist die jetzt?«, will ich wissen.

Papa antwortet: »Die ist bei Gott, glaube ich.«

Am nächsten Tag ist die Beerdigung. Nach dem Gottesdienst gehen wir zum Friedhof. Der Sarg ist mit Blumen geschmückt. Er ist jetzt mit dem Deckel verschlossen. Ich stelle mir vor, wie Oma Amalie darunter aussieht, aber ich fürchte mich nicht mehr. Dann gehen wir zum Grab. Als der Sarg in die Erde gelassen wird, muss ich wieder weinen. Und doch weiß ich: Wir legen da nur einen toten Körper unter die Erde. Omas Seele ist nicht in dieser Holzkiste.

Ich stehe vor dem Grab, werfe meine Blume hinein. Dann schaue ich in den Himmel, er ist strahlend blau, nur ein paar Wolken ziehen vorbei.

»Lieber Gott«, bete ich still. »Lass es Oma jetzt besser gehen bei dir!«

Und eine Wolke sieht für einen Moment fast so aus wie ein Gesicht – als lachte mich Oma Amalie daraus an.

Wie der Glauben das Leben prägt: Gebote und Regeln

Wo Menschen zusammenleben, brauchen sie Grundsätze, damit das Miteinander gelingen kann. Christen wollen als Einzelne und als Gemeinschaft so leben, dass es Gott gefällt. Sie fragen: »Wie sollen wir handeln? Was sollen wir tun? Was sollen wir lassen?« Das Nachdenken darüber nennt man Ethik oder Moral. Bei manchen Themen weichen die Meinungen weit voneinander ab: Darf man eine Ehe scheiden? Ist es erlaubt, Krieg zu führen? Wie stehen wir zur Gentechnik? – Christen müssen immer wieder neu diskutieren, wie die Gebote und Regeln auf die Fragen der Gegenwart anzuwenden sind.

In der Bibel wird erzählt, Gott selbst habe Mose auf dem Berg Sinai die Zehn Gebote gegeben. Aufgeschrieben sind sie in den Büchern Exodus (2. Mose 20) und Deuteronomium (5. Mose 5).

Die Zehn Gebote

Wie die Juden, so achten auch die Christen die Zehn Gebote. Sie lauten kurz gefasst:

Ich bin der HERR, dein Gott!
Du sollst keine anderen Götter neben mir haben.
Du sollst dir kein Gottesbild anfertigen.
Du sollst den Namen des Herrn, deines Gottes, nicht missbrauchen.
Halte den Ruhetag in Ehren.
Du sollst deinen Vater und deine Mutter ehren.
Du sollst nicht morden.
Du sollst nicht die Ehe brechen.
Du sollst nicht stehlen.
Du sollst nichts Unwahres über deinen Mitmenschen sagen.
Du sollst überhaupt nichts begehren, was deinem Mitmenschen gehört.

Das Liebesgebot

Jesus wurde einmal gefragt, was das wichtigste Gebot sei. Er antwortete: »Du sollst den Herrn, deinen Gott, lieben mit ganzem Herzen, ganzer Seele und all deinen Gedanken. Das ist das wichtigste und erste Gebot. Ebenso wichtig ist das zweite: Du sollst deinen Nächsten lieben wie dich selbst.« (Matthäus 22) Dieser Dreiklang – Gott, seinen Nächsten und sich selbst zu lieben – ist das Wichtigste im Leben eines jeden Christen.

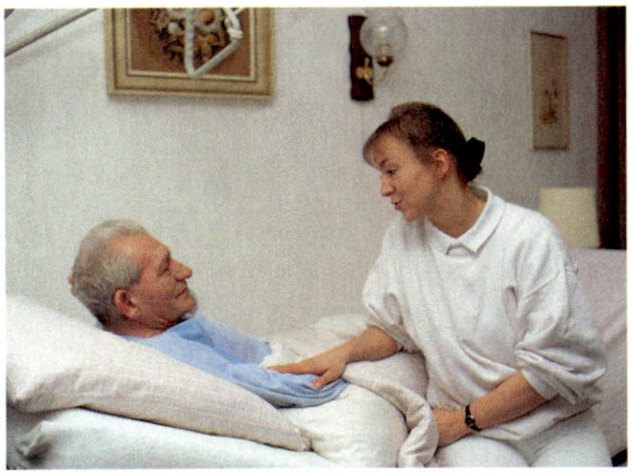

Zu den »Werken der Barmherzigkeit«, von denen das Evangelium spricht, gehören: Hungernde speisen, Obdachlose beherbergen, Nackte bekleiden, Kranke und Gefangene besuchen, Tote begraben.

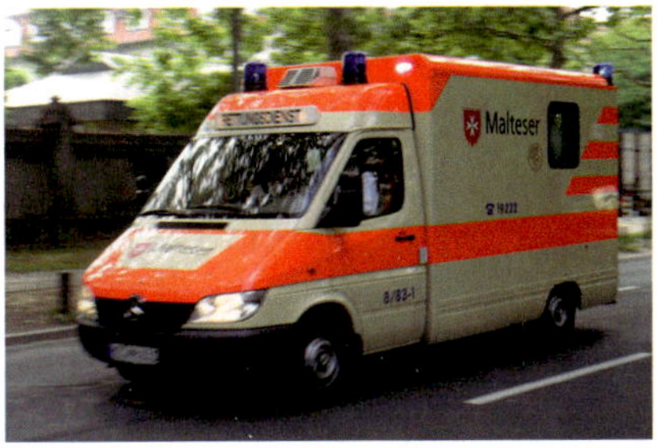

Im Mittelalter kümmerten sich Ritterorden aus christlicher Nächstenliebe um Kranke und Sterbende. Aus ihnen sind die Hilfsorganisationen Malteserhilfsdienst und Johanniter-Unfallhilfe entstanden, die bis heute im Einsatz sind.

Ein Weg, das ganze Leben aus dem Glauben heraus zu gestalten, ist jener der Ordensleute. Um ganz Gott dienen zu können, verzichten sie auf die Ehe, sie leben einfach und sind ihren Vorgesetzten gehorsam. Viele arbeiten für Hilfsbedürftige, aber auch in der Erziehung, der Wissenschaft oder der Mission.

Kirchengebote

Auch die Kirche hat Gebote aufgestellt: So sollen Katholiken jeden Sonntag am Gottesdienst teilnehmen. In den Wochen vor Ostern – der Fastenzeit – sind alle Christen aufgerufen, bescheidener zu leben als sonst und auf Genüsse zu verzichten.

In der Fastenzeit sollen Christen auf überflüssigen Luxus verzichten und das gesparte Geld spenden, aus Solidarität mit notleidenden Menschen.

Toleranz

In der modernen Welt leben Christen und Nichtchristen eng zusammen. Christen sollen sich zu ihrem Glauben bekennen, aber sie sollten Anhängern anderer Religionen oder auch Menschen, die keinen Glauben haben, nicht ihre Überzeugung oder Lebensweise aufzwingen. Heute sprechen Christen mit Juden, Muslimen, Buddhisten, Hindus und auch mit Atheisten (Nicht-Gläubigen) über das, was sie verbindet und das, was sie trennt.

Interview mit einer Nonne

Kannst du dich bitte kurz vorstellen?
Ich heiße Schwester Maria Teresa, bin 44 Jahre alt und lebe seit 15 Jahren im Kloster Sankt Ursula in Donauwörth.

Als du ins Kloster gegangen bist, hast du einen neuen Vornamen bekommen. Damit sollte gezeigt werden, dass für dich ein neues Leben begonnen hat. War das nicht komisch, den eigenen Namen zu abzugeben?
Am Anfang ist es schon noch ungewohnt, doch ich durfte mir den Namen selber aussuchen, und so habe ich dazu schneller eine Beziehung gewonnen. Aber ich höre auch immer noch ganz gerne auf meinen Taufnamen Annemarie. Meine Freunde und Verwandten nennen mich so.

Wie sieht dein Tag im Kloster aus?
Ich stehe meistens um viertel nach fünf Uhr morgens auf. Nach dem Waschen und Anziehen feiere ich mit den Mitschwestern in der Klosterkapelle den Gottesdienst und bete mit ihnen anschließend das Morgengebet. Dann geht es zum Frühstück. Bis 12 Uhr arbeite ich in der Schule als Religionslehrerin und in der Pfarrgemeinde als Gemeindereferentin. Dann gibt es Mittagessen, und nach dem Gebet geht es wieder an die Arbeit bis halb sechs Uhr abends. Abendessen, Abendgebet und Rosenkranz beschließen den gemeinsamen Tag. Oft bin ich dann abends noch bei einer Sitzung in der Pfarrgemeinde oder anderen Veranstaltungen. Wenn ich abends daheim bin, gehe ich meistens schon so gegen 21 Uhr ins Bett. Ich muss ja wieder früh raus.

Warum bist du ins Kloster gegangen? Fällt es dir nicht schwer, auf Familie und Eigentum zu verzichten?
Ich habe schon von Jugend auf immer wieder Gottes kräftige Hilfe erlebt. Es war nicht sehr einfach für mich, daheim. Meine Mutter war sehr krank. Ich habe oft gebetet. Auch mein Heimatpfarrer war mir eine große Hilfe. Ich konnte bei Problemen meistens mit ihm reden.

Das hat mich früh zu Gott hingezogen. Ich lernte die Klosterschwestern in Donauwörth mit 17 Jahren kennen, und ihr Leben hat mich beeindruckt. Eigentlich wollte auch ich Gott dienen, und so habe ich mich entschlossen, einen Beruf zu lernen, den ich im Kloster ausüben konnte. Also studierte ich und wurde Gemeindereferentin.

Während der Ausbildung habe ich mich jedoch heftig verliebt und den Schwestern wieder abgesagt. Aus meiner Liebe ist nichts geworden und das hat mich nachdenklich gestimmt. Als meine Freundinnen heirateten und Kinder bekamen, habe ich mich auch oft nach einer Familie gesehnt. Das war dann schon so schlimm, dass ich aus dem Kloster wieder fortgehen wollte. Aber dann habe ich doch wieder die Stimme in mir gehört und als ich wieder zu Gott Ja gesagt hatte, wurde ich ganz ruhig und sicher. Das ist so geblieben.

Was ist das Beste am Leben im Kloster?
Schön ist es, dass es die Mitschwestern gibt, obwohl ich auch manchmal mit ihnen ins Streiten komme und mich nicht mit allen so blendend verstehe. Und das Allerschönste ist es, wenn ich spüren darf, dass ich mich für das Richtige entschieden habe, dass man mich hier brauchen kann und dass Gott mir die Fähigkeiten schenkt, die ich hier benötige.

Was gefällt dir nicht *im Kloster?*
Es gibt auch im Kloster Äußerlichkeiten, die ganz starr gepflegt werden und keiner weiß eigentlich genau, warum. Es scheint manchmal so, als wäre es viel wichtiger, die vielen Verbeugungen beim Beten zu machen, als wirklich innerlich mit Gott zu sprechen. Die Schwestern sind es einfach seit vielen Jahren so gewöhnt. Ich bemühe mich, dann selbst darüber nachzudenken und die Gebetshaltungen auch innerlich zu machen.

Warum hast du dich für deinen Orden, den der Dominikanerinnen, entschieden?
Die Dominikanerinnen und Dominikaner haben es sich zur Aufgabe gemacht, den Glauben weiterzugeben – ob im Gottesdienst, in der Seelsorge oder in der Schule. Ich möchte auch gerne das weitergeben, was

mich selber freut, trägt und mir Schwung gibt: die Freude an Gott und an der Gemeinschaft in der Kirche.

Kannst du ein lustiges Erlebnis als Nonne erzählen?
Als junge Schwester bin ich oft mit der klösterlichen Kleidung nicht zurecht gekommen oder habe einfach vergessen, ein Teil anzuziehen. Als ich eines Morgens die Treppen hinuntermarschierte, lächelte die damals älteste Schwester Petra und meinte: »Du hast was vergessen …« Dabei griff sie sich an den Kopf. O ja, deswegen war es heute so luftig um meine Haare. Schnell sauste ich nach oben, um den Schleier aufzusetzen.

Einmal wäre ich sogar beinahe zu einer Gefahr für den Straßenverkehr geworden. Der Wind zog den Schleier in die Höhe und – schwups – war er weg. Die Autofahrer haben sich nicht eingekriegt vor lauter Grinsen und wären fast zusammengestoßen.

Wie siehst du die Zukunft der Klöster?
Viele Menschen sehnen sich in unserer lauten Zeit nach Stille und Besinnung. Ich glaube, die Ordensleute müssen mehr und mehr Orte schaffen, wo Menschen zu sich selbst kommen und Gott wieder finden können. Außerdem sollten wir ein Zeichen dafür sein, dass Geld, Erfolg im Beruf und Schönheit des Körpers nicht das ganze Leben ausmachen, sondern dass es noch etwas Wichtigeres gibt, das uns Erfüllung schenken kann: Gott. Damit das auch sichtbar wird, tragen viele Ordensleute noch ihr Ordensgewand. Das Leben im Orden muss aber glaubwürdig gelebt werden, offen und ehrlich. Es ist kein Leben irgendwo über den Wolken, aber ich muss es nicht allein leben, weil Gott mit mir geht.

Pauls Päckchen

Mürrisch kickt Paul eine leere Bierdose vor sich her. Der Heimweg von der Schule scheint ihm heute viel länger als sonst. Er ärgert sich über die Vier in Rechnen. Dabei hatte er doch so ein gutes Gefühl gehabt, als gestern der Test geschrieben wurde. Er ärgert sich über den blöden Herbert, der ihn heute während des Unterrichts dauernd mit Papierkügelchen beschossen hat. Und er ärgert sich, als ihm einfällt, dass seine Mutter nicht zu Hause ist. Sie muss heute zum Arzt und wird erst am Nachmittag heimkommen.

Endlich erreicht er seinen Wohnblock. Als er zur Haustür hineingeht, fällt ihm ein Päckchen auf, das oben auf den Briefkästen liegt. Es hat nicht durch den Schlitz gepasst. Das Päckchen ist an Agathe Konopka adressiert, die alte Nachbarin, die immer so streng guckt, wenn Paul mit dreckigen Fußballschuhen durchs Treppenhaus flitzt.

»Die bekommt ein Päckchen und ich nicht!«, denkt Paul, und ärgert sich schon wieder. Und ohne lange zu überlegen, greift er sich die kleine dunkelgrüne Schachtel und lässt sie – schwupps! – unter seiner Jacke verschwinden. Mit Herzklopfen rennt er in den dritten Stock und schließt die Wohnungstür auf.

In seinem Zimmer setzt er sich mit dem Päckchen aufs Bett. Er schüttelt es, dreht es herum, schnuppert daran. Was mag wohl darin sein? Geld? Schokolade? Seife? Oder ein Buch, oder Strümpfe? Eigentlich egal.

»Die Konopka hat doch sowieso alles«, denkt er. Aber etwas hält ihn davon ab, die Schachtel gleich zu öffnen. Er legt sie in seinen Kleiderschrank hinter die Jogginganzüge. Dann isst er in der Küche ein Wurstbrot und setzt sich vor den Computer. Und schon ist das Päckchen vergessen.

Als es dunkel wird, kommt seine Mutter nach Hause. Sie kocht Pellkartoffeln und rührt Kräuterquark an. Beim Essen erzählt Paul von seinem Ärger in der Schule. Die Mutter tröstet ihn und sieht mit ihm die Hausaufgaben durch.

Das Telefon klingelt. Oma Waldtraud ist dran. Erst spricht die Mutter mit ihr, dann reicht sie Paul den Hörer.

Die Oma erkundigt sich: »Wie geht es dir denn, mein Junge? Wie ich höre, hattest du einen blöden Tag in der Schule?«

Paul sagt, so schlimm sei es auch wieder nicht gewesen.

»Hast du denn eigentlich mein Päckchen schon bekommen? Ich habe dir was aus dem Urlaub mitgebracht!«

»Ein Päckchen? Für mich? Nein, ich habe noch kein Päckchen bekommen.«

»Ich habe es aber schon letzten Donnerstag abgeschickt«, erklärt die Oma verwundert, »vor fünf Tagen. Na ja, ein Päckchen kann schon mal ein paar Tage unterwegs sein. Morgen kommt es bestimmt!«

»Was ist denn drin?«, will Paul wissen.

Doch die Oma verrät nichts. Das sei eine Überraschung! »Na, hoffentlich ist es nicht abhanden gekommen!«, meint sie.

Da wird Paul bleich. Im selben Moment fällt ihm wieder ein, dass er ein fremdes Päckchen weggenommen hat. Wo ist Omas Päckchen abgeblieben? Hat das auch jemand weggenommen?

Als Paul abends im Bett liegt, geht ihm alles nochmal durch den Kopf: Wäre das eine Gemeinheit, wenn sein Päckchen verloren gegangen wäre – oder gar, wenn es jemand geklaut hätte! Seine Wangen glühen.

Aber war es nicht eine ebensolche Gemeinheit, Frau Konopkas Päckchen wegzunehmen? Er beschließt, es gleich morgen früh heimlich wieder auf die Briefkästen zu legen. Ja, das wird er ganz bestimmt tun! Morgen, wenn hoffentlich sein Päckchen ankommt.

Die Kirche verändert sich ständig: Kirchengeschichte

Das Christentum hat sich in 2000 Jahren immer wieder verändert: Aus einer kleinen Schar von Gläubigen ist im Lauf der Zeit eine Weltreligion geworden. Die Geschichte des Christentums ist geprägt von Krieg und Gewalt. Christen waren dabei mal Opfer, mal Täter. Manche wurden wegen ihres Glaubens umgebracht. Andere zwangen fremden Völkern ihren Glauben auf oder töteten Menschen, die nicht ihren Vorstellungen entsprachen. Immer wieder aber gab es auch Christen, die sich aus ihrem Glauben heraus bemühten, die Welt friedlicher und gerechter zu machen.

In den ersten drei Jahrhunderten wurden die Christen im Römischen Reich benachteiligt oder bestraft, manchmal sogar gequält oder getötet: Im Kolosseum in Rom – einem großen Freilichttheater – hetzte man wilde Tiere auf sie.

Erst Verfolgung, dann Erfolge

Die ersten Anhänger von Jesus waren Juden in Israel. Sie verkündeten ihren neuen Glauben in Kleinasien (der heutigen Türkei), Griechenland und Italien. Diese Länder gehörten damals zum Römischen Reich. Der Kaiser in Rom verpflichtete alle Untertanen, ihm und den verschiedenen Göttern Opfer darzubringen. Die Christen weigerten sich, dies zu tun; deswegen unterdrückte und verfolgte man sie.

Zu Beginn des 4. Jahrhunderts trat eine Wende ein. Es heißt, Kaiser Konstantin träumte vor einer wichtigen Schlacht, er solle auf den Schilden seiner Soldaten das Zeichen des Kreuzes anbringen lassen. Konstantin siegte und führte das auf göttlichen Beistand zurück. Von da an wurde das Christentum gefördert und bevorzugt, schließlich sogar zur einzig erlaubten Religion im Römischen Reich erklärt.

Kriege im Zeichen des Kreuzes

Im Jahr 1070 eroberten die Türken Jerusalem. Die Christen in Europa wollten die Stadt wieder christlich machen. Sie schickten Ritter ins Heilige Land, die ein Kreuz auf der Rüstung trugen. Deswegen nennt man diese Kriege »Kreuzzüge«. Sie waren verlustreich und schließlich erfolglos.

Besonders tragisch ist die Geschichte des »Kinderkreuzzugs«: Tausende französische und deutsche Kinder brachen 1212 in religiösem Wahn dazu auf. Schon auf dem langen Weg zu den Häfen in Italien kamen die meisten an Hunger, Kälte und Krankheit elend um. Und wer Jerusalem erreichte, wurde als Sklave verkauft.

Im Mittelalter kämpften die Christen für ihren Glauben. Sie eroberten Länder und Reiche. Die Ritter des Templerordens beteiligten sich an den Kreuzzügen und führten Krieg gegen die Muslime.

Es muss sich etwas ändern: Die Reformation

Zum Ende des Mittelalters war die katholische Kirche sehr bequem geworden. Sie interessierte sich mehr für Geld als für den Glauben. Dagegen wandte sich der Mönch Martin Luther (1483–1546). Er wollte die Kirche erneuern, indem er die Bibel in den Mittelpunkt des Glaubens stellte. Luther übersetzte sie aus der hebräischen und griechischen Sprache ins Deutsche, damit alle Christen dieses Buch lesen konnten. Außerdem forderte er öffentlich, dass sich die Kirche ändern solle. Nach längeren Auseinandersetzungen verdammte der Papst Luther und die von ihm angestoßene Bewegung. Man nennt sie »Reformation«; das Wort bedeutet »Erneuerung«. Sie führte zu einer Spaltung der Kirche. Die Anhänger der Reformation sind die Protestanten.

In allen Jahrhunderten hat der christliche Glaube Künstler zu großartigen Werken angeregt. Hier ein Ausschnitt aus einem Deckengemälde in der Sixtinischen Kapelle in Rom. Der Maler Michelangelo hat dort vor etwa 500Jahren die »Erschaffung des Adam« dargestellt.

Religion ist nicht mehr selbstverständlich

Im 18. Jahrhundert gewannen die Naturwissenschaften neue wichtige Erkenntnisse. Die Philosophie stellte die Freiheit und die Vernunft des Menschen in den Mittelpunkt. Man nennt diese Epoche »Aufklärung«. Einiges von diesem neuen Wissen über die Welt und den Menschen stand im Widerspruch zur Bibel oder zu religiösen Vorstellungen. Das Christentum wurde deswegen als rückständig angesehen und verlor zahlreiche Anhänger.

Diese moderne Kirche in Ronchamp (Frankreich) ist ein Sinnbild: Das Christentum muss mit der Zeit gehen, aber auch bedenken, was es aus seiner langen Geschichte für die Zukunft bewahren will.

Martin Luther – oder: Der Mann, der die Kirche in Bewegung brachte

Am 10. November 1483 wird Martin Luther in Eisleben (im heutigen Bundesland Sachsen-Anhalt) geboren und am Tag darauf, dem Martinstag, auf den Namen des Tagesheiligen getauft. Sein Vater ist wohlhabender Besitzer eines Bergwerks. Im Nachbarort Mansfeld wächst Martin auf und besucht die Schule; in Erfurt beginnt er 1501 zu studieren. Er beschließt, Mönch zu werden, und tritt in ein Kloster ein. 1507 wird er zum Priester geweiht. Er studiert noch weiter und erhält den Doktortitel. Man ernennt ihn zum Professor der Theologie (der »Lehre von Gott«) an der Universität Wittenberg.

Die katholische Kirche ist zu dieser Zeit ziemlich bequem geworden. Die Bibel interessiert kaum noch jemanden. Wichtiger scheinen Wallfahrten und Gebete zu den Heiligen. Den Gläubigen predigt man, sie kämen wegen ihrer Sünden in die Hölle. Man könne sich davon jedoch freikaufen durch eine Geldspende an die Kirche, die »Ablass« genannt wird: »Wenn das Geld im Kasten klingt, die Seele aus dem Fegefeuer springt.« Der Papst braucht nämlich dringend viel Geld für den Bau des gewaltigen Petersdoms in Rom. Also ziehen Mönche als Ablasshändler von Stadt zu Stadt und sammeln Geld.

Martin Luther ist überzeugt: Gottes Liebe und Vergebung kann man nicht kaufen. Gott lässt sich nicht mit Geld bestechen! Die Leute sollen damit lieber den Armen helfen, statt es für Ablassbriefe auszugeben. – Er liest in der Bibel und erkennt: Allein die Barmherzigkeit Gottes und der Glaube eines Menschen zählen. Auch die guten Werke, die jemand vollbringt, bestimmen nicht über den Wert eines Menschen vor Gott. Und die Kirche spielt dabei keine Rolle.

Martin Luther protestiert gegen den Ablasshandel, indem er seine Kritik in der Form von 95 Sätzen zum Nachdenken (»Thesen« genannt) am 31. Oktober 1517 an die Tür zur Schlosskirche von Wittenberg heftet. Seine Sätze verbreiten sich in Windeseile über ganz Deutschland. Überall wird nun diskutiert, ob er Recht hat oder nicht. Manche stimmen ihm zu. Der Papst in Rom aber fordert, Luther solle seine Meinung zurücknehmen – doch der weigert sich. Daraufhin schließt der Papst ihn 1521 aus der Kirche aus.

Im Jahr 1521 soll Luther in Worms vor dem Kaiser erscheinen und erklären, warum er solche Unruhe in die Kirche bringt. Er erklärt seine Sicht des Glaubens und nimmt von seiner Kritik nichts zurück. Seine Freunde fürchten daraufhin, seine Gegner könnten ihn jetzt umbringen wollen. Also bringen sie ihn nach Thüringen auf die Wartburg. Dort lebt Luther fast ein Jahr lang heimlich unter falschem Namen (»Junker Jörg«). Er nutzt die Zeit, um die Bibel ins Deutsche zu übersetzen.

Das Alte Testament war ursprünglich auf Hebräisch geschrieben worden, das Neue Testament auf Griechisch. Im Mittelalter hatte man die Bibel in die lateinische Sprache übertragen (»Vulgata«). Latein konnten aber nur die gebildeten Leute verstehen. Martin Luthers Anliegen ist: Alle Menschen in Deutschland, auch einfache Leute, sollen erfahren, was Gott durch die Bibel mitgeteilt hat. – Er macht sich also mit gelehrten Freunden an die Aufgabe, die Bibel ins Deutsche zu übertragen. Dafür benutzt er nicht die lateinische Übersetzung, sondern die hebräischen und griechischen Originaltexte.

Von da an können viele Menschen das Wort Gottes in deutscher Sprache lesen. So trägt Luthers Bibelübersetzung dazu bei, dass die deutsche Sprache mit ihren vielen Dialekten (zum Beispiel bayerisch, sächsisch, holsteinisch) einheitlicher und von allen verstanden wird.

Die Ideen von Martin Luther bringen etwas in Bewegung, die »Reformation«. Man streitet über den richtigen Glauben. Einige wollen den Glauben und die Kirche erneuern, alles Falsche und Überflüssige ausmisten. Andere wollen, dass alles so bleibt, wie es ist. Unterschiedliche Meinungen gibt es auch zu der Frage, welchen Einfluss der Papst hat. Die Anhänger von Martin Luther verstehen sich auch als Christen, wollen aber nicht dem Papst gehorchen. Sie wollen nur auf das Evangelium hören. Die Bibel allein soll sie bestimmen, nicht die Traditionen, also die Bräuche, die sich erst im Laufe der Jahrhunderte gebildet haben. So entsteht mit der Zeit eine neue Kirche, die sich »evangelisch« nennt. Sie wird größer und größer.

Martin Luther heiratet im Jahr 1525 Katharina von Bora, eine ehemalige Nonne. Die beiden werden Eltern von sechs Kindern. Luther schreibt viele Bücher über den Glauben und erklärt unaufhörlich, wie er den Glauben versteht. Er stirbt am 18. Februar 1546 in seinem Heimatort Eisleben. Was er damals angestoßen hat, wirkt bis heute.

Bonifatius, der Apostel der Deutschen

Woher hat der Donnerstag seinen Namen? Weil es da immer donnert? – Tatsächlich gibt es einen Zusammenhang: Bevor die Menschen in Deutschland an Christus glaubten, hatten sie eine andere Religion, nämlich die der Germanen. Da betete man viele Götter an, die für verschiedene Bereiche zuständig waren: für den Krieg etwa, die Fruchtbarkeit oder das Feuer. Und der Gott des Gewitters, bei dem es ja blitzt und donnert, hieß Donar. Einmal in der Woche verehrte man ihn – an »Donars Tag«.

Den Germanen waren Tiere wie Pferde, Eber oder Hirsche heilig, sie beteten Götterbilder aus Stein, Metall oder Holz an, sie brachten ihre Opfer in der Natur dar, in Wäldern, an Quellen und Mooren. In Geismar in Hessen stand damals eine große, prächtige Eiche, dem Gott Donar geweiht.

Eines Tages kam ein Mann dorthin, der erzählte den Germanen in Geismar von Jesus, dem Sohn des wahren Gottes im Himmel. Donar aber sei kein echter Gott, behauptete er. Zum Beweis kündigte er an, die Eiche zu fällen. Der Mann sagte: »Wenn es Donar gibt, wird er mich dafür bestrafen. Wenn nichts geschieht, gibt es auch keinen Donar.« Er schwang die Axt, die Eiche fiel – und nichts geschah! Aus dem Holz des gefällten Baumes baute er eine Kirche. Der Name dieses mutigen Mannes: Bonifatius.

Bonifatius hieß ursprünglich Winfried und stammte aus England, wo er um das Jahr 673 zur Welt kam. Er besuchte eine Klosterschule, wurde Mönch und Priester. Er wollte die Friesen (im Norden der heutigen Niederlande) missionieren, ihnen also den Glauben an Christus bringen. Doch dort hörte man nicht auf ihn.

Winfried kam dreimal nach Rom. Das bedeutete damals eine anstrengende Reise. Der Papst beauftragte ihn, die deutschen Lande zu missionieren, und gab ihm einen neuen Namen: Bonifatius, das heißt: »der Gutes bringt«.

Erfolg hatte er im heutigen Hessen, Thüringen, Bayern und Franken. Dort gründete er mehrere Klöster und Bistümer. In Mainz wirkte er einige Jahre als Bischof. Und als Bonifatius schon 80 Jahre alt war, machte er sich noch einmal auf nach Friesland. Wie gern wollte er das Werk vollenden, das ihm als jungem Mann nicht gelungen war: die Friesen zum Glauben an Christus zu führen. Doch am Pfingstfest 754 griffen ihn die Germanen an. Bonifatius hielt noch eine Bibel über den Kopf, um die Schwerthiebe abzufangen. Er und 52 seiner Begleiter wurden erschlagen.

Begraben wurde Bonifatius in Fulda. Auch dieses Bistum hatte er gegründet und es war ihm besonders wichtig.

Nun versammeln sich die deutschen Bischöfe einmal im Jahr in Fulda, denn Bonifatius hat uns Deutschen den Glauben an Jesus Christus gebracht. Wie die Zwölf Apostel das Evangelium weitertrugen, so setzte sich auch Bonifatius für die Sache Gottes ein. Darum nennt man ihn den »Apostel der Deutschen«.

Die eine Kirche und die vielen Kirchen: Konfessionen

»Kirche« nennen die Christen nicht nur das Gebäude, in dem sie sich versammeln. »Kirche« wird auch die Gemeinschaft aller Gläubigen genannt. Wer getauft ist, gehört zur Kirche. Im Lauf der Jahrhunderte hat sich die Kirche in viele verschiedene Gemeinschaften geteilt. Diese werden auch »Konfessionen« genannt, von »confessio«, dem lateinischen Wort für »Bekenntnis«. Es gibt drei große Konfessionen und viele kleine. Die Konfessionen unterscheiden sich voneinander zum Beispiel in Glaubensfragen, in der Organisation, und in der Art, wie sie ihre Gottesdienste feiern. Konfessionen, die sich untereinander austauschen, betreiben »Ökumene«. Gemeinschaften, die mit keiner anderen Kirche Kontakte pflegen, weil sie meinen, sie allein wären die wahren Christen, werden oft »Sekte« genannt.

Die katholische Kirche

»Katholisch« bedeutet allumfassend. Die katholische Kirche empfindet sich als direkte Fortsetzung der Glaubensgemeinschaft, die Jesus von Nazaret vor rund 2000 Jahren ins Leben gerufen hat. Mit über einer Milliarde Mitgliedern ist sie die größte aller Kirchen. Die katholische Kirche wird vom Papst geleitet. Sein Sitz ist im Vatikan, dem kleinsten Staat der Erde, der sich innerhalb der Stadt Rom befindet. Deswegen spricht man auch von der »römisch-katholischen Kirche«.

Orthodoxie

Im 11. Jahrhundert kam es zwischen dem Papst in Rom und dem Bischof von Konstantinopel (heute: Istanbul) zu schweren Auseinandersetzungen um den richtigen Glauben. Damals trennte sich die Kirche in West und Ost: Der Westen Europas blieb katholisch, der Osten wurde »orthodox«, das heißt: rechtgläubig. Etwa

300 Millionen Gläubige gehören den orthodoxen Kirchen an, zum Beispiel in Russland, Bulgarien, Griechenland, im Libanon, Irak oder Nordafrika. Die ägyptischen Christen heißen Kopten.

Der Protestantismus

Auf die Reformation Martin Luthers im 16. Jahrhundert gehen die evangelischen Kirchen zurück. »Evangelisch« meint: nach dem Evangelium von Jesus Christus. Weil die ersten Anhänger der Reformation gegen die katholische Kirche protestierten, werden sie auch »Protestanten« genannt. Zu vielen verschiedenen Einzelkirchen gehören heute weltweit etwa 400 Millionen Protestanten.

Die »Heilsarmee« wurde im 19. Jahrhundert von dem Ehepaar Catherine und William Booth in London gegründet. Die Mitglieder dieser Kirche sind wie im Militär organisiert, um auf Erden gegen das Böse und für das Gute zu kämpfen. Die Heilsarmee kümmert sich um notleidende Menschen und sammelt für sie Geld.

»Gospel« oder »Spiritual« nennt man die Lieder, die vor allem in Nordamerika in den Gottesdiensten gesungen werden. Viele gehen auf Musik der Afro-Amerikaner zurück.

Bunte Vielfalt

Es gibt noch viel mehr Kirchen als die genannten, zum Beispiel die englische Nationalkirche, die »Anglikaner«. Ihr Oberhaupt ist die Königin oder der König von England. – Zu den so genannten »Freikirchen« zählen die Baptisten; wer ihnen beitreten will, muss das aus freiem Entschluss tun und sich als Erwachsener taufen lassen. – Eine Abspaltung der römisch-katholischen Kirche ist die altkatholische Kirche, die eine andere Auffassung von der Aufgabe des Papstes hat.

George Fox, ein englischer Schuster, fand in der anglikanischen Kirche keinen Weg zu Gott. Fox gründete im 17. Jahrhundert eine neue Gemeinschaft, die »Quäker«. Ihr Gottesdienst ist eine schweigende Andacht. Quäker sind Pazifisten, das heißt, sie lehnen den Krieg ab.

Im Jahr 2005 wurde mit Joseph Ratzinger ein Deutscher zum Papst gewählt. Er nennt sich: Benedikt XVI.

Ökumene

Die verschiedenen Kirchen betonen heute nicht mehr so sehr, was sie trennt. Sie suchen vielmehr das, was sie verbindet. Dieses Bemühen wird »Ökumene« genannt. In ökumenischen Gottesdiensten, Kirchentagen und Diskussionen bekennen sich katholische, orthodoxe und evangelische Christen zu dem, was sie eint: zum Glauben an Jesus Christus.

Bei einem ökumenischen Gottesdienst beten ein katholischer Priester, eine evangelische Pfarrerin und ein orthodoxer Pope gemeinsam.

Einige katholische Christen beten den Rosenkranz, ein meditatives Gebet. Mit dieser Perlenschnur werden Gebete an Jesus und Maria gezählt.

Zum Zeichen der Verehrung Gottes verwenden katholische und orthodoxe Christen bei feierlichen Gottesdiensten Weihrauch. Das sind Harzkörner, die in einem Weihrauchfass aus Metall auf glühender Kohle ihren Duft verbreiten.

Tagebuch eines Pfarrers

Pfarrer Gartenschläger

Volkmar Gartenschläger ist evangelischer Pfarrer in Brandenburg. Er lebt mit seiner Frau Ulrike und seinen Kindern Elise (11) und Felix (10) in Liebenwalde, nördlich von Berlin.

Sonntag

6 Uhr aufstehen, geht auch ohne Wecker, die Kirchturmuhr schlägt. Ich muss in der Kirche die Heizung anstellen, weil es noch kalt ist.

Um 8 Uhr bespreche ich den Gottesdienst noch einmal mit Ulrike, sie ist die Kirchenmusikerin und Katechetin der Gemeinde.

9.30 Uhr Taufgottesdienst für Grit – sie ist 32 Jahre alt. Ihr Mann, ihre Kinder und Pflegekinder, ihre Freundinnen und Freunde feiern mit. Wir singen: Lasst Gottes Licht durch euch scheinen in der Welt. Anschließend muss ich mich sputen, denn um 11 Uhr ist noch ein Gottesdienst im kleinen Dorf Liebenthal. Am Nachmittag besuche ich in Schmachtenhagen Klaus, einen Kirchen-Ältesten, er hat heute Geburtstag.

Montag

6 Uhr aufstehen, wie jeden Tag, außer Samstag, da ist Ausschlafen dran.

7.30 Uhr Mit Ulrike lese ich in der Bibel und bete.

Ab 8 Uhr sitze ich im Büro: Briefe schreiben, telefonieren.

10.30 Uhr Frühstück mit Ehrenamtlichen; das sind Menschen, die freiwillig und ohne Bezahlung in der Gemeinde mitarbeiten. Wir haben allerhand zu besprechen.

14 Uhr Treffen mit Handwerkern, die unsere Kirche renovieren.

19 Uhr Übungsstunde mit dem Kirchenchor.

Dienstag

Um 9 Uhr kommt Jette, sie hilft einmal in der Woche im Büro.

Um 11 Uhr richten wir im Pfarrheim den Raum für den Männerkreis her, der um 14.30 Uhr beginnt. Es ist der »Tag des Baumes«, wir sprechen über Bäume, auch in der Bibel kommt der Baum als Sinnbild vor.

Danach Einkaufen für den Abend: Um 18 Uhr sind acht Zimmerleute zum Grillen eingeladen, die an unserer Kirche bauen. Ende: 22 Uhr.

Mittwoch
9 Uhr Im Pfarrhaus sind Gäste, Kirchenmusikerinnen und Kirchenmusiker, Kollegen von Ulrike. Ich helfe, Brötchen zu belegen für die Pause der Musiker. Dann gehe ich in mein Büro und arbeite am Schreibtisch. Nachmittags mache ich zwei Besuche bei Kranken.

Donnerstag
Am Vormittag bereite ich den Abend und den Sonntag vor. Um 17 Uhr kommen die Konfirmanden ins Pfarrheim. Wir bereiten das Abendessen mit den Eltern vor, die erscheinen um 18 Uhr. Gemeinsam betrachten wir ein Bild zum Thema Abendmahl, dann essen, beten, erzählen wir gemeinsam und besprechen die Konfirmation am Pfingstfest.

Freitag
Die neue Orgel in Schmachtenhagen soll fertig werden, ich soll dorthin kommen, schaffe es aber nicht, weil hier in Liebenwalde die Architektin mit mir sprechen muss. Eigentlich soll ich um 15 Uhr einen Geburtstagsbesuch bei einer alten Dame machen, aber ich kann um diese Zeit nicht. So bringe ich ihr vorher Blumen nach Hause.

16 Uhr Treffpunkt Parkplatz; ich soll helfen, Felix und die anderen Fußballer zum Freundschaftsspiel zu fahren.

Samstag
Ausschlafen! Ausgiebiges Frühstück!

11 Uhr Besuch im Nachbardorf, da hat ein Ehepaar großen Kummer.

Nachmittags: Vorbereitung auf den Sonntagsgottesdienst: Predigt schreiben, Lieder raussuchen.

Sonntag
9.30 Uhr Gottesdienst in Liebenwalde

11 Uhr Gottesdienst in Hammer.

Nachmittags: Elise feiert ihren Geburtstag.

Unterwegs bei der Internationalen Romwallfahrt der Ministrantinnen und Ministranten

Ministranten haben wichtige Aufgaben im Gottesdienst: Sie bringen Brot und Wein zum Altar, sie tragen Kreuz und Kerzen und schwenken das Weihrauchfass. Man nennt sie auch Messdiener. Im Jahr 2006 gab es eine große Wallfahrt von Ministranten aus aller Welt nach Rom.

Dienstag, 1. August 2006

Bis zur internationalen Messfeier ist zwar noch viel Zeit, aber der Petersplatz ist bereits fest in den Händen der Ministranten, die Feierstimmung verbreiten. Bei strahlendem Sonnenschein wird gesungen, und überall wehen Fahnen der verschiedenen Bistümer.

Mitten im Trubel treffe ich auf Tom (19) aus Freiburg, der schon zum zweiten Mal bei der Mini-Wallfahrt dabei ist. Einen besonders guten Platz konnte er zwar nicht mehr ergattern, aber für ihn zählt sowieso eher die Gemeinschaft: »So viele Minis auf einem Haufen sieht man ja nicht jeden Tag. Die Atmosphäre hier ist absolut gigantisch, besser als beim letzten Mal.« Genauso sieht es die gleichaltrige Laura aus Paderborn: »Man merkt, dass doppelt so viele Leute da sind wie 2001, und ich finde das einfach nur klasse. Ministranten sind eben echt eine Truppe, egal, aus welchem Land sie kommen!«

Mittwoch, 2. August 2006

Heute heißt es früh aufstehen – schließlich lädt Papst Benedikt XVI. um 10 Uhr zur Generalaudienz. Schon auf dem Weg zum Petersplatz stauen sich die Busse mit Pilgern, die wieder mal dasselbe Ziel haben. Wie es der Zufall will, hat meine Gruppe ihren Platz direkt vor der Kirche neben dem Papstbaldachin, von wo aus man einen guten Blick über die Menge hat. Kaum zu übersehen sind unzählige Fahnen in schwarz-rot-gold oder mit weiß-blauem Rautenmuster.

Unter dem Baldachin haben bereits einige Bischöfe Platz genommen, als um 10.01 Uhr unser Gastgeber erscheint. Unter dem grenzenlosen Jubel von über 40 000 Minis aus 14 Ländern – »Beee-ne-det-to!« – dreht er im offenen Papamobil erst einmal eine Runde auf dem Petersplatz. In seiner Audienzpredigt macht der Papst anschließend deutlich, wie wichtig der Ministrantendienst ist: »Als Ministranten seid ihr schon jetzt Apostel Jesu! ... Und wie damals die zwölf Apostel helft ihr heute Jesus dabei, das Brot des Lebens unter den Menschen unserer Zeit in ihren verschiedenen Lebenslagen auszuteilen.«

Donnerstag, 3. August 2006

Zunächst geht es in den Süden Roms zur Basilika St. Paul vor den Mauern. Anschließend bringt uns die Metro weiter zu St. Johannes im Lateran, der Bischofskirche Roms.

Freitag, 4. August 2006

Vom Hotel aus führt uns der Weg zunächst zur Kirche Santa Maria in Cosmedin, wo Touristen und Wallfahrer herausfinden wollen, ob die »Bocca della Verità«, der »Mund der Wahrheit«, jemandem die Hand abbeißen wird. Das ist ein antiker Brunnendeckel, der angeblich Lügner erkennen kann. Glücklicherweise fließt nach der Wartezeit kein Blut.

Es folgen noch ein kurzer Stadtbummel und das letzte Eis, und schon sitzen wir wieder im Bus Richtung Deutschland.

Georg Spielberg

Ein Haus für Gott:
Die Kirche als Gebäude

Das Gebäude, in dem sich Christen zum Gottesdienst versammeln, nennt man Kirche. Es gibt katholische, evangelische und orthodoxe, alte und moderne Kirchen. Ihre Einrichtung sieht verschieden aus, aber die Bedeutung der Gegenstände ist sehr ähnlich. Die Kirche eines Bischofs nennt man Dom oder Kathedrale. Die größte Kirche der Welt ist der Petersdom in Rom. Eine Kapelle ist eine kleine Kirche. Das Wort »Kirche« kommt aus der griechischen Sprache und bedeutet etwa »das, was zum Herrn gehört«. Die Kirche ist für Christen ein Ort der Begegnung mit Gott und untereinander.

Altar

Der Altar steht im Zentrum der Kirche, etwas erhöht, damit er von überall gut zu sehen ist. Er ist ein großer Tisch aus Stein oder Holz, meistens verziert und mit Blumen und Kerzen geschmückt. Auf dem Altar wird das Abendmahl gefeiert. Das Wort »Altar« bedeutet »Opfertisch«.

Ambo

Der Ambo ist ein Lesepult. Von dort aus werden die Lesungen aus den biblischen Schriften vorgetragen, das Evangelium verkündigt und die Predigt gehalten. Der Begriff »Ambo« kommt von dem griechischen Wort für »Hinaufsteigen«.

Tabernakel

Der Tabernakel in katholischen Kirchen ist ein wertvoll verzierter Kasten. In ihm wird die Eucharistie aufbewahrt – geweihte Hostien, die von der Messe übrig geblieben sind, also Brot vom Abendmahl. Es wird Kranken gebracht oder Sterbenden gereicht. »Tabernakel« heißt übersetzt »Zelt« oder »Hütte«.

Ewiges Licht

Das Ewige Licht brennt das ganze Jahr über, Tag und Nacht. Dieses Öl-Lämpchen zeigt an, dass sich im Tabernakel geweihte Hostien befinden; katholische Christen sehen darin ein Zeichen der Gegenwart Gottes.

Kreuz

In jeder Kirche erinnert ein großes Kreuz an Jesus Christus, der für die Menschen sein Leben opferte. Es befindet sich an der Stirnseite der Kirche oder über dem Altar. Kruzifix wird ein Kreuz genannt, an welchem eine Figur des gekreuzigten Christus angebracht ist.

Taufstein

Am Taufstein oder Taufbecken werden mit Wasser die Taufen vollzogen; durch die Taufe wird man in die Gemeinschaft der Kirche aufgenommen.

Weihwasserbecken

Die Weihwasserbecken befinden sich in der Nähe des Eingangs. Katholische Christen, die in die Kirche kommen, nehmen mit einem Finger der rechten Hand etwas Weihwasser und bekreuzigen sich damit. Das ist ein Zeichen für ihre Taufe.

Beichtstuhl

Der katholische Beichtstuhl ist eine Art Kabine, in der das Bußsakrament gespendet wird. Der Priester hat einen Sitz, der Beichtende kniet auf einem Bänkchen. Zwischen ihnen befindet sich ein Gitter, durch welches leise gesprochen werden kann. Viele Priester bieten aber auch an, an einem anderen Ort zu beichten, etwa in der Sakristei.

Kreuzweg

Vierzehn künstlerisch gestaltete Bilder erinnern an die einzelnen Stationen des Leidenswegs, den Jesus Christus bis zu seiner Kreuzigung zurücklegen musste.

Osterkerze

An jedem Osterfest entzünden die katholischen Christen feierlich eine große Osterkerze – ein Symbol für den auferstandenen Christus. Die Osterkerze brennt in der Osterzeit, bei Trauergottesdiensten und bei Taufen.

Marienaltar

Der Gottesmutter Maria ist in katholischen Kirchen ein kleiner Altar geweiht: ein Bild oder eine Statue Marias, geschmückt mit Blumen. Hier können die Gläubigen Kerzen anzünden.

Orgel

Die Orgel gilt als »Königin der Instrumente«. Ihr Klang kommt aus Hunderten oder gar Tausenden von Pfeifen. Manche sind winzig klein, manche mehrere Meter lang. Mit der Orgel wird im Gottesdienst musiziert und der Gesang der Gemeinde begleitet.

Glocken

Im Turm befinden sich die Glocken. Sie hängen hoch oben, damit ihr Schall weit zu hören ist. Sie läuten zu bestimmten Zeiten, laden zum Gebet ein und sollen die Gläubigen zum Gottesdienst rufen. Das war vor allem früher wichtig, als die meisten Leute noch keine Uhren besaßen.

Sakristei

Zur Kirche gehört die Sakristei. In diesem Raum bewahrt man die Gegenstände für den Gottesdienst auf: Gewänder, Bücher, Kelche, Hostien, Wein, Kerzen. In der Sakristei bereitet sich der Pfarrer vor.

Wetterhahn

Auf den Türmen katholischer Kirchen ist oft ein Wetterhahn angebracht, der sich im Wind dreht. Diesen Brauch gibt es seit über tausend Jahren. Auf evangelischen Kirchen ist eher ein Kreuz üblich.

Ein Tag im Kölner Dom

Der Dom ist ein ganz besonderes Haus. Er ist das Haus Gottes. Menschen gehen in Gotteshäuser, um Gott ganz nahe zu sein. Das Haus Gottes ist ein heiliger Ort!

6 Uhr
Um 6.00 Uhr wird der Dom aufgeschlossen. So früh morgens sind nur wenige Menschen im Dom.

6.30 Uhr
In der Sakramentskapelle findet die erste Heilige Messe statt.

Zwischen 7.00 und 9.00 Uhr kommen Gläubige, zur Beichte.

Jetzt fangen die Mitarbeiter der Dombauhütte an zu arbeiten, denn am Gebäude gibt es immer etwas in Ordnung zu bringen.

Um 9.00 Uhr wird heute eine Messe für einen Verstorbenen gefeiert.

9.30 Uhr
Zwischen 9.30 und 12.00 Uhr kommen viele Besuchergruppen. Der Kölner Dom ist nicht nur ein berühmtes Bauwerk und Weltkulturerbe, er besitzt auch bedeutende Kunstwerke wie den Dreikönigenschrein oder den Altar der Stadtpatrone.

Menschen kommen aus aller Welt, um den Dom und seine Kunstwerke zu bestaunen. Andere Menschen kommen, um zu beten oder eine Kerze aufzustellen. Das Lichtermeer vor der Schmuckmadonna zeigt, wie viele Menschen sie jeden Tag besuchen.

12 Uhr
Jetzt wird ein Mittagsgebet gesprochen. Das Mittagsgebet ist eine Einladung, inmitten von Stress und Hektik der Innenstadt für kurze Zeit zur Ruhe zu kommen und sich zu öffnen für Gott.

14 Uhr
Nachmittags gehört der Dom wieder den Besuchern. Wem es jetzt im Hauptraum des Domes zu laut und zu hektisch zugeht, um zu beten, der kann sich in die Sakramentskapelle zurückziehen.

18 Uhr
Um 18.00 Uhr wird der Rosenkranz in der Marienkapelle gebetet. Um 18.30 Uhr wird die letzte Heilige Messe gefeiert.

19.30 Uhr
Der Dom wird abgeschlossen. Jetzt sind nur noch die Nachtwächter da.

Wenn du nicht sicher bist, wie du dich im Dom verhalten sollst, dann lies doch unsere Hinweise:

1. Schalte dein Handy und alle elektronischen Spiele aus und schalte auch Walkman oder Discman ab.
2. Männer nehmen in der Kirche ihre Kopfbedeckung ab.
3. Eine Kirche solltest du nur in angemessener Kleidung betreten (also nicht im Strand- und Badeoutfit).
4. Bitte kein Picknick in der Kirche, kein Kaugummi und kein Eis!
5. Bitte nicht laufen und rennen!
6. Bitte nicht schreien, rufen oder pfeifen!
7. Bitte bring keine Tiere mit in den Dom!
8. Bitte schreibe nichts an Wände und Kirchenbänke!
9. Bitte bringe keine Luftballons in den Dom!
10. Bitte denke immer daran, dass der Dom ein Ort des Gebetes ist und viele Menschen hierher kommen, um Gott nahe zu sein.

Isabel Gronack-Walz

Beruf: Küster

Peter Müller ist Küster an der katholischen Kirche St. Anna in Hangelar bei Bonn. In manchen Gegenden nennt man diesen Beruf auch Mesner oder Sakristan. Arbeitsplatz des Küsters sind die Kirche und die Sakristei. Die Sakristei ist ein Raum in oder neben der Kirche, in dem sich alle vorbereiten, die den Gottesdienst mitgestalten: Pfarrer, Vorleser, Organist, Ministrantinnen und Ministranten.

Im Wort »Sakristei« steckt das lateinische Wort »sacer«, das »heilig« bedeutet. In der Sakristei befinden sich die Gegenstände für die heiligen Handlungen der Gottesdienste: Gewänder, Bücher, Kelche, Hostien, Wein, Kerzen, Mikrophone; dazu ein Tresor für wertvolle Gegenstände und für die Kollekte.

Zu den wichtigsten Aufgaben von Peter Müller gehört, die Kirche für den Gottesdienst vorzubereiten: Er legt die Gewänder für den Priester zurecht, stellt Brot und Wein für den Altar bereit, lässt rechtzeitig die Glocken läuten, schaltet das Licht ein, zündet die Kerzen an.

Während des Gottesdienstes achtet er darauf, dass alles reibungslos abläuft. Wenn der Pfarrer seine Brille vergessen hat, holt er sie schnell. Sollte einem Ministranten schlecht werden, kümmert er sich um ihn. Funktioniert das Mikrophon nicht, besorgt er ein anderes.

Nach dem Gottesdienst muss Peter Müller aufräumen. Alles kommt zurück an seinen Platz. Vielleicht hat jemand etwas liegen lassen, einen Schlüssel oder eine Handtasche. Peter Müller bringt die Sachen in die Sakristei, damit niemand sie wegnimmt.

Jetzt müssen die Blumen gegossen oder erneuert werden. Am Marienalter sammelt er die leeren Teelichter ein und stellt frische hin. Die Gesangbücher liegen kreuz und quer; er ordnet sie. Draußen im Schaukasten sind neue Plakate anzubringen und der Vorplatz gehört mal wieder gefegt.

Dann hat Peter Müller alle Hände voll im Pfarrzentrum zu tun. Dort ist er – wie auch in der Kirche – Hausmeister. Immer geht mal etwas kaputt, von der Glühbirne bis zur Heizung. Aber zwischendurch wirft er ab und zu einen Blick in die Kirche, dass niemand dort Unfug treibt oder etwas stiehlt. Das ist leider auch schon vorgekommen. Da waren Einbrecher da und suchten nach Geld.

Jeden Sonntag gibt es in Peter Müllers Kirche zwei Gottesdienste, werktags mindestens einen. Dazu die Beerdigungen, Taufen, Hochzeiten, all die Feiern in der Kirche. An großen Festen gibt das richtigen Stress: An Weihnachten oder Ostern wird die Kirche geschmückt, es gibt große Gottesdienste, an denen viele Menschen teilnehmen – dann meint Peter Müllers Familie manchmal, er verbringe mehr Zeit in der Kirche als zu Hause.

Morgens schließt Peter Müller seine Kirche auf. Auch wenn kein Gottesdienst ist, kommen immer wieder Leute und setzen sich einfach für ein paar Minuten in den stillen Raum. Am Abend wird alles gut zugesperrt. Und montags genießt Peter Müller seinen freien Tag, da geht er am liebsten angeln.

Der Arbeitsplatz eines Küsters ist die Kirche. Allerhand muss vorbereitet werden, damit die Gottesdienste reibungslos ablaufen können.

Feiertage erzählen vom Heil: Das Kirchenjahr

Die Zeiteinteilung der Christen richtet sich nicht nur nach der Natur, sondern vor allem nach Jesus von Nazaret. Den besonderen Stationen seines Leben sind Feste im Jahreslauf gewidmet. Hinzu kommen Tage, die an besondere Menschen oder Ereignisse erinnern, wie an Sankt Nikolaus oder die Reformation oder das Erntedankfest. Das »Kirchenjahr« beginnt nicht am 1. Januar, sondern schon mit dem 1. Advent, also rund vier Wochen vor Weihnachten. Manche Feiertage fallen immer auf das gleiche Datum, andere jedes Jahr auf ein anderes, weil sie sich nach dem Termin für Ostern richten.

Weihnachten

Das Wort »Weihnachten« stammt aus dem 12. Jahrhundert und bedeutet ursprünglich »in den heiligen Nächten«. An Weihnachten feiern die Christen die Geburt Jesu. Deren genaues Datum kennt niemand. Erst im 4. Jahrhundert legte man den Termin auf den 25. Dezember, um das Fest des römischen Sonnengottes »Sol invictus« zu verdrängen, das an diesem Tag stattfand. Die orthodoxen Christen feiern Weihnachten am 6. Januar. Vor Weihnachten liegt eine vierwöchige Vorbereitungszeit, der Advent. Der Abend vor Weihnachten ist der Heilige Abend.

Rund um das Weihnachtsfest hat sich ein vielfältiges Brauchtum entwickelt: Man stellt einen Weihnachtsbaum auf, singt Weihnachtslieder, verzehrt traditionelle Speisen und Backwaren und beschenkt einander. Die Krippe mit Figuren stellt die Geburt Jesu in einem Stall dar.

Jesus von Nazaret wurde an einem Freitag hingerichtet. Man nagelte ihn an ein Kreuz. Für Christen ist es nicht nur ein Sinnbild des Leidens, sondern auch des Lebens. Sie glauben, dass der Tod Jesu einen Sinn hatte. Am Freitag vor Ostern, dem Karfreitag, erinnern sie sich an sein Leiden und Sterben.

Feierliche Umzüge nennt man Prozession. Katholische Christen ziehen am Fronleichnamsfest, am zweiten Donnerstag nach Pfingsten, singend und betend durch Städte und Dörfer. Auch zu anderen Anlässen gehören Prozessionen zum regionalen Brauchtum.

Ostern

Ostern ist das höchste Fest der Christen. Das Neue Testament erzählt von Ereignissen vor 2000 Jahren, die grundlegend für den Glauben wurden: Jesus zieht in Jerusalem ein. Er feiert mit seinen Freunden ein gemeinsames Mahl. Die Römer kreuzigen ihn an einem Freitag. Als am übernächsten Tag Frauen zu seinem Grab kommen, finden sie es leer vor: Jesus ist von den Toten auferstanden.

Der Ostersonntag ist der Sonntag nach dem ersten Vollmond im Frühling. Manche Bräuche des Festes stammen aus vorchristlicher Zeit: Eier und Hasen gelten als Sinnbilder der Fruchtbarkeit und des wiederkehrenden Lebens.

Im Jahr 321 führte der römische Kaiser Konstantin den Sonntag als Wochenfeiertag ein, denn am ersten Tag der Woche ist Christus von den Toten auferstanden. Darum feiern die Christen auf der ganzen Welt jeden Sonntag Gottesdienst.

Pfingsten

Pfingsten ist das Fest des Heiligen Geistes. Nach dem Tod Jesu wagten sich seine Freunde nicht mehr aus dem Haus. Am Pfingsttag kam der Heilige Geist über sie. Da fassten sie wieder Mut, gingen unter die Leute und begannen ihnen von Jesus zu erzählen. Pfingsten ist der »Geburtstag der Kirche«. Das Fest wird am 50. Tag nach Ostern gefeiert.

Allerseelen und Ewigkeitssonntag

Christen glauben, dass ein Mensch nach seinem Tod zu Gott kommt. Im November gedenken sie der Verstorbenen. Die Katholiken besuchen zu Allerseelen am 2. November die Gräber und schmücken sie. Das Brauchtum ist von Land zu Land unterschiedlich. Evangelische Christen begehen am letzten Sonntag im Kirchenjahr den Totensonntag oder Ewigkeitssonntag, bevor mit dem 1. Advent ein neues Kirchenjahr beginnt.

Am 6. Dezember ist das Fest des Heiligen Nikolaus. An diesem Tag bekommen die Kinder kleine Gaben, die vom Nikolaus zur Belohnung für gutes Betragen überreicht oder in die vor die Tür gestellten Stiefel gesteckt werden. Im Bild: Das Nikolausfenster der Kirche auf der Nordseeinsel Baltrum.

Europäische Weihnachtstraditionen

Kaum ein anderes Fest ist so von Traditionen geprägt wie Weihnachten. In vielen Familien laufen dabei jedes Jahr die gleichen Rituale ab. Solche Traditionen gibt es auch für ganze Länder: In Deutschland findet die Bescherung meistens am Abend des 24. Dezember statt. Die Geschenke bringt das Christkind oder der Weihnachtsmann.

Das ist aber nicht überall so. Jultomen, ein Gnom aus der Fabelwelt, verteilt in Schweden die Geschenke. In Frankreich macht das Père Noël, der »Vater Weihnacht«. In Großbritannien und Irland füllt Father Christmas in der Heiligen Nacht seine Gaben in aufgehängte Strümpfe. In der Frühe des Weihnachtstags sehen die Kinder eilig nach, was er gebracht hat. Sinterklaas bringt in den Niederlanden schon am 6. Dezember Geschenke. Er wird von Zwarte Piet begleitet, dem »Schwarzen Peter«. Er trug früher eine Rute bei sich, um unartige Kinder zu bestrafen. Dieser Kinderschreck ähnelt dem deutschen Knecht Ruprecht und wird in Österreich Krampus, im französischen Elsaß Hans Trapp genannt.

Erst an Neujahr erhalten die Kinder in Griechenland von Agios Vasilis, dem Heiligen Basilius, ihre Präsente. Am längsten müssen die Kinder in Italien und Spanien warten: Dort findet die Bescherung erst am 6. Januar statt, dem Tag der Drei Könige, die dem Jesuskind ihre Gaben brachten. Am Vorabend putzen die spanischen Kinder ihre Schuhe besonders gut, stellen Kekse und Milch für die Drei Könige und Wasser für die Kamele bereit und gehen früh zu Bett. In der Frühe finden sie dann die Geschenke vor. Immer öfter werden sie aber bereits am Heiligabend beschenkt, damit sie in den Weihnachtsferien mit den neuen Sachen spielen können.

Und was kommt an Weihnachten Gutes auf den Tisch? In Deutschland essen viele Familien Gans, in Irland freut man sich auf Räucherlachs, in Schweden gehört zur Festtafel Schweinsfußsülze. In England darf der gefüllte Truthahn nicht fehlen. Zum Nachtisch wird Plumpudding serviert, eine Art Kuchen aus eingeweichten Rosinen und Früchten, der schon Wochen vorher gebacken wird, damit er gut durchziehen kann. Man backt eine Münze hinein, und wer sie in seinem Stück findet, hat im kommenden Jahr Glück.

Das gleiche machen die Dänen mit Reisbrei, in dem sich eine Mandel befindet. In Spanien genießt man Turrón (Mandelkonfekt), in Italien gehört der Napfkuchen Panettone zur traditionellen Speisekarte. In Russland verzehren die Familien einen Brei aus Getreide und Honig, der wegen seiner Süße als ein Symbol für Hoffnung, Glück und Erfolg angesehen wird. Übrigens essen ihn alle am Tisch von nur einem Teller, um die Gemeinschaft der Feiernden zu betonen.

Auch andere Bräuche betonen den Zusammenhalt derjenigen, die gemeinsam feiern: In Finnland geht man am Heiligen Abend vor dem Essen in die Sauna. In Polen kommt auf die Festtafel ein zusätzliches Gedeck – für einen unerwarteten Gast. Briten hängen in den Türrahmen einen Mistelzweig. Wenn sich zwei Menschen darunter begegnen, dürfen sie sich einen Kuss geben. Und natürlich stiftet der Besuch der Christmette Gemeinschaft, ebenso wie das Singen und Musizieren von Weihnachtsliedern. Das beliebteste Lied in Österreich und Deutschland ist »Stille Nacht, heilige Nacht«.

Stille Nacht, heilige Nacht!
Alles schläft, einsam wacht
nur das traute, hochheilige Paar.
Holder Knabe im lockigen Haar:
schlaf in himmlischer Ruh,
schlaf in himmlischer Ruh!

Stille Nacht, heilige Nacht!
Gottes Sohn, o wie lacht
Lieb aus deinem göttlichen Mund,
da uns schlägt die rettende Stund,
Christ in deiner Geburt,
Christ in deiner Geburt!

Sankt Martin, der arme Mann und noch ein Mann …

»Ich geh mit meiner Laterne und meine Laterne mit mir«, grölen Matthias und Paul, als sie mit ihren selbst gebastelten Laternen auf dem Nachhauseweg von der Schule sind. Paul hat sich besonders viel Mühe gegeben: An den Ästen seiner Bäume sind kleine Zweige mit bunten Blättchen zu sehen, am Himmel strahlen Mond und Sterne.

»Heute Abend um halb sechs an der Ecke beim Briefkasten!«, ruft Matthias, bevor er nach Hause läuft. Die Mutter bewundert seine Laterne. Dann gibt's Mittagessen, und Matthias erzählt von seiner Verabredung mit Paul, damit seine Mutter nur ja nicht auf die Idee kommt, ihn dieses Jahr wieder zusammen mit seiner nervigen kleinen Schwester Leonie zum Martinszug zu begleiten.

Pünktlich zur verabredeten Zeit wartet er mit seiner Laterne auf Paul. Aber Paul ist nirgends zu sehen. Matthias entschließt sich, ihn abzuholen. Schon vor der Haustür hört er drinnen aufgeregte Stimmen. Matthias schellt. Paul öffnet die Tür und sagt: »Ich kann nicht mit. Muss auf meine kleine Schwester aufpassen. Meine Oma ist ganz schlimm krank geworden.« Bestürzt schaut Matthias ihn an. »Aber doch nicht heute! Es ist doch St. Martin!« »Oma kann jetzt nicht alleine sein!«, versucht Paul zu erklären. Er wendet sich ab und geht zurück ins Haus. Matthias bleibt unschlüssig stehen. Pauls Eltern eilen aus dem Haus und verschwinden in der Abenddämmerung. Da geht er Paul nach, ins Wohnzimmer.

Paul sitzt am Tisch und blickt sich nicht um. Seine kleine Schwester Marie krabbelt am Boden. »Was wird denn aus deiner Laterne, Paul, du hast doch so eine tolle Laterne! Die tollste von allen! Die muss doch bei dem Zug mit dabei sein!« Da legt Paul den Kopf auf die Arme und beginnt zu weinen. »Nimm du sie«, schluchzt er, und steht auf, um sie zu holen. Jetzt fängt Marie zu quengeln an. Matthias hebt sie hoch, setzt sie aufs Sofa und ruft hinter Paul her: »Hol die Anziehsachen von Marie! Wir nehmen deine Schwester ganz einfach mit!«

Der Martinszug hat sich gerade in Bewegung gesetzt, als die beiden ankommen. Ihre Klassenkameraden gucken erstaunt, als Matthias und Paul mit einem Kinderwagen auftauchen, machen dann aber bereitwillig Platz. Paul hat den Stab seiner Laterne an Maries Kinderwagen befestigt, damit er die Hände zum Schieben frei hat. Martinslieder klingen durch die Straßen. Die Häuser, an denen der Zug vorbei kommt, sind mit Lichtern geschmückt.

Als sie schließlich zum Martinsfeuer kommen, prasselt es schon mit züngelnden Flammen und sprühenden Funken in der Dunkelheit. »Dada!«, ruft Marie aufgeregt und streckt die Händchen danach aus. Und als St. Martin im roten Umhang auf seinem Schimmel ganz dicht an ihnen vorbeireitet, fällt sie beinahe aus dem Wagen, so weit beugt sie sich vor.

Matthias zeigt ihr den Bettler, der, nur mit Lumpen bekleidet, am Boden hockt. »Der arme Mann friert ganz arg«, versucht er ihr zu erklären.

»Kalt! Hu! Brr!« Da nimmt Paul eine kleine Wolldecke aus dem Einkaufsnetz am Wagen und deckt Marie damit zu, während St. Martin für den Bettler seinen halben Mantel vom Pferd herunterfallen lässt.

Auf dem Rückweg merkt Matthias, dass Paul den Kinderwagen nur noch mit einer Hand schiebt. Die andere hat er in der Anoraktasche vergraben. In der Eile hat er seine Handschuhe vergessen. »Hier, nimm einen von mir!«, sagt Matthias. »Und lass mich jetzt mal schieben!« Wie hell und bunt Pauls Laterne leuchtet! Sie ist wirklich die schönste von allen Laternen!

Nach dem Laternenzug soll jedes Kind einen Weckmann bekommen, aus süßem Hefeteig gebacken. Die Weckmänner müssen klassenweise in der Pausenhalle der Schule abgeholt werden. Wie in jedem Jahr gibt es beim Verteilen fürchterliches Gedränge. Paul bleibt darum mit Marie lieber auf dem Schulhof, und Matthias bittet um zwei Weckmänner: »Mein Freund steht draußen mit seiner kleinen Schwester im Kinderwagen.« »Nee, nee, mein Junge, das kann jeder sagen«, weist der Mann, der die Weckmänner verteilt, ihn ab. Erst als Lukas und Annette aus seiner Klasse empört rufen: »Aber das stimmt! Paul wartet draußen mit seiner kleinen Schwester und kann nicht reinkommen!«, darf er einen Weckmann für ihn mitnehmen.

Und Marie? Noch einen bekommen die beiden bestimmt nicht. »Wir geben ihr die Beine von unseren Weckmännern«, schlägt Matthias vor. Marie beginnt zu quengeln. »Mann haben! Mann haben!«, ruft sie laut. Da seufzt Paul auf und reicht ihn ihr. »Sie ist ja noch so klein«, meint er. Die Pfeife von Maries Weckmann verstaut er in der Jackentasche. Matthias sieht seinen Weckmann an. Rosinenaugen, Rosinenknöpfe – glänzend und duftend liegt er in seiner Hand. Er holt tief Luft, packt ihn mit beiden Händen und bricht ihn der Länge nach entzwei. Den einen Teil bekommt Paul, in den anderen beißt er selbst genussvoll hinein. »Wozu soll eigentlich die Pfeife gut sein?«, fragt Paul. Mit vollem Mund antwortet Matthias: »Die soll den Krummstab des Bischofs Sankt Martin darstellen. Damit kannst du mit Marie Seifenblasen fliegen lassen. Das mache ich morgen auch, mit Leonie und meiner Weckmannpfeife.«

Christel Kehl-Kochanek

Feste im Lebenslauf: Die Sakramente

Christen wollen ihr ganzes Dasein, von Anfang bis Ende, aus dem Glauben heraus gestalten. An wichtigen Einschnitten im Leben feiern sie »Sakramente«. Das sind zeichenhafte Handlungen und Worte, die ausdrücken sollen: Gott ist in dieser Situation bei den Menschen. Evangelische Christen zählen zu den Sakramenten Taufe und Abendmahl; für katholische und orthodoxe gehören auch Buße, Ehe, Firmung, Krankensalbung und Weihe dazu. In den Sakramenten erhalten einfache Dinge wie Brot und Wein, Wasser, Licht und Öl eine religiöse Bedeutung.

Taufe

Die Taufe macht einen Menschen zum Christen. Der Täufling – ganz gleich ob Baby oder Erwachsener – wird mit seinem Namen angesprochen. Dann spricht der Pfarrer: »Ich taufe dich im Namen des Vaters und des Sohnes und des Heiligen Geistes. Amen.« Dabei wird der Kopf mit Wasser übergossen. Dies ist eine sinnbildliche Reinigung von Schuld.

Die Taufe spenden alle christlichen Kirchen. Bei den Orthodoxen wird der Säugling ganz unter Wasser getaucht.

Abendmahl

Jesus Christus feierte vor seinem Tod ein Mahl und forderte seine Freunde auf: »Tut dies zu meinem Gedächtnis«. Seitdem feiern die Christen in Erinnerung an ihren Herrn immer wieder das Abendmahl. In Brot und Wein erfahren sie seine Gegenwart. Die katholische Bezeichnung dieses Sakraments ist »Eucharistie« (das bedeutet »Danksagung«) oder »Kommunion« (»Gemeinschaft«).

Konfirmation

Wer als kleines Kind getauft wurde, konnte noch nicht selbst entscheiden, ob er das wollte. Als Jugendlicher soll er sich zum Glauben an Gott bekennen. Bei den evangelischen Christen geschieht dies bei der Konfirmation, bei den Katholiken bei der Firmung. Beide Begriffe, Konfirmation und Firmung, bedeuten das gleiche: Festigung, Bekräftigung.

Als »religiös erwachsen« gilt ein Jugendlicher, wenn er konfirmiert oder gefirmt wird. Damit erhält er alle Rechte und Pflichten eines Christen.

Ehe

Wenn ein Paar zusammenbleiben möchte und kirchlich heiratet, versprechen die beiden vor Gott, einander als Frau und Mann anzunehmen und immer füreinander da zu sein. Als Zeichen der Treue stecken sie sich gegenseitig einen Ring an den Finger. Den feierlichen Gottesdienst nennt man »Trauung«.

Ein Paar hat beschlossen, miteinander durchs Leben zu gehen, und feiert Hochzeit. Nach der Trauung in die Kirche findet ein Fest statt.

Weihe

Es gibt verschiedene Ämter für Menschen, die in der Kirche Verantwortung tragen: zum Beispiel den Pfarrer als Leiter einer Gemeinde, den Diakon als Helfer im sozialen Bereich und den Bischof als Vorsteher einer Landeskirche oder eines Bistums. In den evangelischen Kirchen können Frauen und Männer solch ein Amt ausüben, bei Katholiken und Orthodoxen bisher nur Männer, die die entsprechende Weihe empfangen haben. Das liegt auch daran, dass sie ein unterschiedliches Verständnis von diesem Amt haben.

Ein Bischof der katholischen Kirche erhält zu seiner Weihe einen wertvollen Hirtenstab. Dieser Stab erinnert an den krummen Stock, mit dem Hirten ihre Schafe einfingen.

Buße

Wer Schlechtes getan hat und seine Schuld bereut, kann beichten: Er spricht vor einem Pfarrer seine Sünden aus, dafür wird ihm im Namen Gottes Verzeihung zugesprochen. Das kann in einem Beichtstuhl, aber auch an jedem anderen Ort geschehen.

Krankensalbung

Kranke Menschen nicht allein zu lassen, gehört zur Verantwortung der Christen. Schwerkranke oder Sterbende können mit einem besonderen Öl an Stirn und Händen gesalbt werden. Dieses Zeichen soll ausdrücken: Gott ist bei dir, auch wenn es dir schlecht geht.

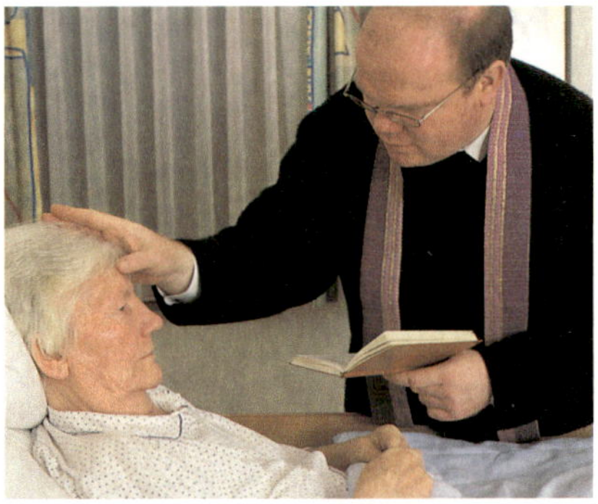

Wenn jemand gestorben ist, wird er feierlich zu Grabe getragen. Man betet für ihn, und die Angehörigen werden getröstet durch den Glauben an ein ewiges Leben bei Gott. Die kirchliche Bestattung ist kein Sakrament, denn ein solches kann nur Lebenden gespendet werden, nicht Toten.
Jede Beerdigung zeigt den Christen, dass sie in dieser Welt nicht ewig zu Hause sind. Das Leben ist vergänglich. Am Ende wartet die Begegnung mit Gott.

Regen, Trommeln und ein Paar Schuhe

Sebastien Wawa Kiwa aus der Provinz Bandundu, Demokratische Republik Kongo, ist heute Pater der Steyler Missionare. Er erinnert sich an seine Erstkommunion:

Könnt ihr euch das vorstellen? Die Messe meiner Erstkommunion musste wegen Regen unterbrochen werden. Der Weiße Sonntag fällt immer in die Regenzeit, und ein kräftiger Tropenregen setzte genau während der Erstkommunionmesse ein. Er hämmerte auf das Wellblechdach. Im Kirchenraum war kein Wort mehr zu verstehen. Anfangs versuchte noch der Jugendchor, begleitet von lauten Trommeln, die Regenpause zu überbrücken. Doch war auch die Musik irgendwann nicht mehr zu hören.

Wir waren insgesamt 500 Kinder, die zur Erstkommunion gingen. Davon wurde in der Woche vor dem Fest fast die Hälfte noch getauft. Ihr müsst wissen, viele unserer Eltern sind keine Christen. Doch schicken sie ihre Kinder auf christliche Schulen, damit sie eine gute Schulbildung bekommen. In der Schule lernen die Kinder den christlichen Glauben kennen. Viele entscheiden sich dann im Lauf der Jahre, Christen zu werden.

Die intensive Vorbereitung auf das Fest der Erstkommunion begann in der sechsten Grundschulklasse. Da wir sehr viele Kinder waren, konnte die Vorbereitung natürlich nicht für alle am gleichen Ort stattfinden. Unsere Pfarrgemeinde ist wegen ihrer Größe in sogenannte »Unterpfarreien« unterteilt, auch »christliche Basisgemeinschaften« genannt. Jeweils 10–20 Straßen bilden eine solche Gemeinschaft. Die unsere hat eine Vorsteherin: Mama Mafuta. Ihre Familie besitzt ein großes Grundstück. Dorthin kommen einmal pro Woche jene Kinder, die sich auf die Erstkommunion vorbereiten. Bei der Vorbereitung wird viel gesungen und manchmal auch getanzt. Ansonsten lesen die Erstkommunionkinder in der Bibel – sie ist in unserer Kikongosprache geschrieben – und hören das, was Mama Mafuta über den christlichen Glauben und über die Kirche sagt. Alle hören aufmerksam zu. Wir Afrikaner sind gute Zuhörer.

Nach einem Jahr intensiver Vorbereitung war es endlich soweit. Die Messe begann ganz feierlich. Die Leute klatschten in die Hände und bewegten sich im Rhythmus der Trommeln und der Musik. Wir Erstkommunionkinder zogen im Tanzschritt ein. Bei 500 Kindern dauerte die lange Prozession fast 20 Minuten. Unsere Herzen waren voller Freude. Was für ein herrlicher, feierlicher Tag! Zur ersten Heiligen Kommunion kamen wir bankweise nach vorne, und der Priester reichte jedem die Hostie. Das war ein großer Augenblick, den keiner von uns vergessen wird. Nach fast drei Stunden zogen wir feierlich aus der Kirche aus. Unsere Mütter und Verwandten stießen dabei laute Jubelschreie aus, die sogenannten Milolo. So drückten sie ihre große Freude aus.

Aber danach ging es nicht gleich nach Hause. Zunächst traf sich unsere Vorbereitungsgruppe bei Mama Mafuta. Dort gab es eine erste Feier bei Keksen und Limonade. Von dort holten uns unsere Eltern ab. Zuhause zog ich die Schuluniform aus und – zum ersten Mal in meinem Leben – einen Anzug und ein Paar Schuhe an. Was war ich stolz! Ein richtiger kleiner Herr! Und dann kam das unvergessliche Geschenk meines großen Bruders: Er hatte für eine Stunde ein Moped gemietet. Darauf fuhr er mich durch die Stadt. Viele, die uns sahen, klatschten in die Hände und freuten sich mit mir. Pünktlich zum Mittagessen waren wir wieder daheim. Ich saß an einem Extratisch, der mit einem bunten Tuch und Blumen geschmückt war. Viele Gäste kamen, gratulierten und feierten mit uns. Es war wirklich ein wunderbarer Tag, den ich mit großer Freude im Herzen gefeiert habe.

Dazugehören

Als Philipp aus dem Kommunionkurs nach Hause kommt, hat seine Mutter schon einen Kakao gekocht. »Na, wie war's heute?«, fragt sie.

»Och, geht so. Wir haben über die Taufe geredet.«

»Na, das klingt ja nicht gerade begeistert. Interessiert dich nicht, was? Dabei bist du doch auch einmal getauft worden.«

»Das ist aber schon lange her«, grinst Philipp. Es klingelt.

»Das ist Cem«, erklärt Philipp. Cem ist Philipps bester Freund. Er selbst wurde in Deutschland geboren, aber seine Eltern stammen aus der Türkei. In seiner Familie sind die Leute keine Christen, sondern Muslime. Für die beiden spielt das keine Rolle, denn Fußball spielen und Rad fahren, Fernsehen gucken und Chips essen tun alle Kinder gleich gern.

Während Philipp die Tür öffnet, holt die Mutter ein Fotoalbum. »Mami«, entrüstet sich Philipp, »du willst doch jetzt wohl nicht Babyfotos von mir vorführen?«

»Au ja«, gluckst Cem, »die will ich sehen!«

Philipp muss von seiner Mutter erst mit Schokoladenkeksen überredet werden, dann darf das Album geöffnet werden. »So klein warst du mal«, sagt sie und streichelt ihrem Sohn über den Kopf. Man sieht Philipp mal schlafend, mal schreiend, im Kinderwagen, auf Vaters und Omas Schoß.

»Hier sind die Bilder von der Taufe«, zeigt die Mutter. »Tante Moni hält dich auf dem Arm. Sie ist ja deine Patin.« Man sieht Philipp in seinem weißen Taufkleid. Die Tante hält ihn über das Taufbecken, und der Priester übergießt das Köpfchen mit Wasser.

»Und wofür soll das gut sein?«, fragt Cem.

»Das Taufwasser reinigt nicht von Staub und Schmutz«, erklärt die Mutter, »es reinigt von allem, was einen Menschen von Gott trennt.«

»Ich verstehe nur Bahnhof«, gibt Philipp zu. Auch Cem nickt.

»Wichtig ist, dass ein Mensch durch die Taufe ein Kind Gottes wird. Oder sagen wir: zur Familie Gottes gehört.«

Philipp sieht Cem an: »Cem ist nicht getauft – ist er denn kein Kind Gottes?« Jetzt schauen die beiden Jungen die Mutter an.

»Die Taufe ist ein Symbol, so etwas wie ein Zeichen. Wenn wir jemandem die Hand geben, ist das ein Zeichen dafür, dass wir in guter Absicht kommen. Die Taufe ist das Zeichen dafür, dass wir Gottes Kinder sind. Ich bin überzeugt, die Muslime drücken das Gleiche mit einem anderen Zeichen aus.«

»Ja, bei uns sagt man den neugeborenen Kindern die Schahada ins Ohr«, weiß Cem.

»Und was ist das, die Schahdingsda?«, fragt Philipp.

Cem singt: »La 'allah 'illah-llah wa muhammadun rasulu llah.«

»Du kannst ja Arabisch«, sagt die Mutter anerkennend.

»Klar, aber nicht viel mehr als diesen Satz«, gibt Cem zu.

»Und was bedeutet das?«, will Philipp wissen. Hundertprozentig weiß Cem das auch nicht. Aber er ist sich sicher, dass in dem arabischen Satz das muslimische Bekenntnis zu Gott und zum Propheten Mohammed steckt.

»Siehst du«, sagt die Mutter, »das ist auch ein Zeichen, denn ein Säugling versteht ja noch nicht, was man in sein Ohr flüstert.«

Später brauchen die Jungen nicht lange zu überlegen, was sie spielen wollen. Cem sammelt alle Schmusetiere ein, Philipp organisiert ein Litermaß mit Wasser und eine Schüssel. Er zieht einen Bademantel an und ist der Priester. Cem hält den Tiger über die Schüssel, Philipp schüttet Wasser über dessen Kopf und sagt feierlich: »Tiger, ich taufe dich.« Dann kommen noch der Wal Keiko und die Schildkröte Fridolin dran. Jetzt tauschen sie die Rollen; Cem darf den Bären Bobo und das Stachelschwein Isabella übernehmen.

Die Kinder hören das Klopfen gar nicht: Philipps Vater steht in der Tür, beobachtet die Handlung und schmunzelt.

»Herr Pfarrer«, sagt er freundlich; trotzdem zuckt Cem erschrocken zusammen. »Sie haben ja heute viel zu tun, so viele Täuflinge!« Er langt ein klatschnasses Stofftier an: »Übrigens würde ich empfehlen, die Babys sollten auf der Heizung übernachten, sonst holen sie sich noch einen Schnupfen!«

Christliche Persönlichkeiten: Heilige gestern und heute

Manche Christen sind nicht vergessen, auch wenn sie schon lange nicht mehr leben, denn sie haben etwas Besonderes vollbracht. Man erinnert sich an ihre Leistungen, ihr Vertrauen auf Gott, ihre Frömmigkeit. Einige werden als Heilige verehrt und sind zu Vorbildern für Menschen aller Zeiten geworden. Andere haben große Werke vollbracht, die bis heute begeistern oder zum Nachdenken anregen. Sie alle, Frauen und Männer aus verschiedenen Zeiten oder Ländern, haben gezeigt, wie der christliche Glaube das Leben beeinflussen und verändern kann.

Märtyrer sterben für Gott

Dietrich Bonhoeffer

Wer wegen seines Glaubens umgebracht wird, ist ein Märtyrer. Da Märtyrer lieber starben, als ihren Glauben zu verraten, haben die Gläubigen sie immer sehr verehrt. Der erste christliche Märtyrer hieß Stephanus. Wie man ihn steinigte, wird in der Apostelgeschichte des Neuen Testaments erzählt. Auch in unserer Zeit gibt es Märtyrer: Die Nazis henkten 1945 den evangelischen Pfarrer Dietrich Bonhoeffer, weil er gegen den Nationalsozialismus Widerstand geleistet hatte. 1980 erschoss man in San Salvador (Südamerika) den Bischof Oscar Arnulfo Romero während des Gottesdienstes, weil er sich für die Armen seines Landes eingesetzt hatte.

Eine kluge und fromme Frau war Hildegard. Sie lebte im 12. Jahrhundert als Äbtissin (Leiterin eines Klosters) in Bingen am Rhein. Päpste und Könige fragten sie um Rat. Hildegard schrieb Lieder und Gedichte. Ihre Ratschläge zur gesunden Ernährung sind bis heute aktuell.

Franz von Assisi lebte im 13. Jahrhundert. Er fand Gott in einem ganz einfachen Leben ohne jeden Luxus und suchte Verständigung mit allem Lebendigen; es heißt, er konnte sogar mit Tieren sprechen.

Elisabeth von Thüringen

Helfer aus Nächstenliebe

Im 4. Jahrhundert zerschnitt Martin von Tours als Soldat seinen Mantel, damit ein Bettler nicht frieren musste. Wie er, so bemühten sich Christen immer wieder, das Elend in der Welt zu lindern. Die Landgräfin Elisabeth von Thüringen (1207–1231) verschenkte Brot an arme Leute. Bartolomé de Las Casas setzte sich im 16. Jahrhundert für bessere Lebensbedingungen der Indios in den spanischen Kolonien in Amerika ein. Florence Nightingale (1820–1910) kümmerte sich um Verletzte, die im Krieg sich selbst überlassen blieben. Sie förderte die Ausbildung von Krankenschwestern. Mutter Teresa sorgte sich in unserer Zeit um Leidende in Indien; ähnlich tat das Abbé Pierre in Frankreich.

Florence Nightingale

Theologen lehren den Glauben

»Theologie« bedeutet etwa: Wissenschaft von Gott. Theologen bemühen sich bis heute, neue Antworten auf alte Fragen zu finden. Die Theologie versucht die Aussagen der Heiligen Schrift und die Erfahrungen gläubiger Menschen in eine Ordnung zu bringen. Der erste Theologe des Christentums war Paulus. Einflussreich sind bis heute die Ansichten von Aurelius Augustinus (354–430) und Thomas von Aquin (1225–1274). Auch Martin Luther zählt zu den großen Theologen.

Johann Sebastian Bach (1685–1750) wirkte an der Thomaskirche in Leipzig als Kantor und komponierte zur Ehre Gottes Kantaten, Oratorien und Orgelmusik.

Künstler für Christus

Weltbekannt sind die religiösen Bilder von Michelangelo, Leonardo da Vinci oder Rembrandt; diese Maler lebten schon vor Jahrhunderten. Große Meister schufen Dome und Kathedralen, Statuen und Schnitzereien. Die geistliche Musik von Johann Sebastian Bach oder Wolfgang Amadeus Mozart verhilft auch modernen Menschen zur Andacht. Im 20. Jahrhundert drückten Schriftsteller wie Selma Lagerlöf, Alexander Solschenizyn oder Reinhold Schneider in ihren Büchern eine christliche Sicht auf die Welt aus.

Taizé ist ein Dorf in Frankreich. Dort gründete 1940 der evangelische Pfarrer Roger Schutz eine Lebensgemeinschaft für Menschen, die Gott suchen. Daraus entwickelte sich eine Stätte der Begegnung für Jugendliche aus aller Welt; Zehntausende kommen jedes Jahr dorthin. Die Lieder aus Taizé werden in vielen Kirchengemeinden gesungen. Frère Roger wurde 2005 während des Abendgebets in der Kirche von Taizé von einer geisteskranken Frau erstochen.

Schwester Monika und das »Kinderhaus Sonnenblume«

Valerie hat die Windeln voll. Geduldig beugt sich Schwester Monika über das acht Wochen alte Mädchen auf dem Wickeltisch. »Gleich geht's dir besser«, sagt sie und streichelt dem Baby über das Köpfchen. Seit vier Wochen ist Valerie der Liebling von Schwester Monika, der Gründerin vom »Kinderhaus Sonnenblume«. Valeries Mutter hatte den Säugling nach Einbruch der Dunkelheit in einem Einkaufskorb vorbeigebracht. Sie stellte ihn auf den Küchentisch und ging dann einfach wieder weg.

Solche und ähnliche Geschichten erzählt mir Schwester Monika. Als ich sie vor ein paar Jahren zum ersten Mal traf, war das eine ganz besondere Begegnung für mich. Ich war tief beeindruckt davon, dass es auch heute noch Leute gibt, die so mit Jesus und Gott verbunden sind, dass sie ganz für andere Menschen da sein wollen.

Schwester Monika ist Franziskanerschwester und wohnt in Brandenburg, gar nicht weit weg von Berlin. Ende der 90er Jahre hat sie in Schönow das »Kinderhaus Sonnenblume« gegründet. Sie hatte beob-

achtet, dass das Leben überforderter junger Mütter oft ganz besonders grau und brutal aussieht. Es kommt nämlich gar nicht selten vor, dass Frauen ihre Kinder aus Not oder purer Verzweiflung töten. In der Zeitung ist dann zu lesen: »16-jährige Schülerin erschlug neugeborenes Baby«, oder »33-jährige Frau vergrub ihr Kind im Wald.« – Warum?

»Ein Neugeborenes braucht so viel Zuwendung und Liebe«, erklärt mir Schwester Monika. »Es gibt aber junge Frauen, die unsicher sind, ob sie das ihrem Kind geben können, weil sie wegen ihrer Schwangerschaft allein gelassen worden sind oder von falschen Freunden unter Druck gesetzt wurden. Diese Frauen sehen dann oft keinen Ausweg mehr.« Im »Kinderhaus Sonnenblume« hilft Schwester Monika solchen Müttern und ihren Säuglingen. »Ich will Leben ermöglichen und erhalten«, sagt sie. »Die Frauen sollen ermutigt werden zu kommen, bevor sie das Kind aussetzen oder ihm Gewalt antun.«

Das »Kinderhaus Sonnenblume« war das erste Haus dieser Art in Deutschland. Denn kaum jemand hatte dieses Problem damals so richtig erkannt. Auch die Behörden wollten es nicht wahrhaben. Da hat Schwester Monika, neben anderen engagierten Leuten, den Menschen die Augen geöffnet und gezeigt, wie wichtig es ist, sich gerade um diese jungen Frauen und ihre Babys zu kümmern.

So hat sie aus ihrem Glauben heraus das Denken in unserem

Land zu verändern versucht. Sie glaubt, dass Gott jedes Kind besonders liebt – auch und gerade die Kinder, die keiner so richtig haben will. Immer mehr Menschen haben die Arbeit von Schwester Monika kennen gelernt und dafür Geld gespendet. Andere haben Windeln, Kinderwagen, Säuglingsnahrung und Spielsachen für die Babys geschickt.

Weil das »Kinderhaus Sonnenblume« schnell zu klein wurde, entstand auf dem Gelände ein weiteres Gebäude, das Haus Miriam. Miriam war in der Bibel eine junge Frau, die in der Nähe ihres ausgesetzten Bruders Moses blieb und ihm beistand. So ein Beistand ist auch Schwester Monika.

Die Frauen finden hier endlich Ruhe und Geborgenheit, um über das eigene Leben und das ihres ungeborenen Kindes nachzudenken. Dabei stellt sich ihnen manchmal die Frage, ob sie ihr Kind nach der Geburt nicht anderen Ehepaaren anvertrauen sollten. Sie überlegen, ihr Baby zur Adoption freizugeben. Das ist ein Entschluss, der keiner Mutter leicht fällt. Immer ist Schwester Monika dabei in ihrer Nähe, hilft und berät in allen Fragen. Aber die Entscheidung müssen die Mütter dann selbst treffen.

Schwester Monika ist ein ganz ungewöhnlicher Mensch. Sie sagt: »Ich will mit den Menschen zusammenleben. Ich will nicht nur mit ihnen und für sie arbeiten, sondern ich will mein Leben richtig mit ihnen teilen.«

Schwester Monika – eine Frau, die in den Gesichtern der verlassenen Babys Jesus Christus selber sieht, und auch mir und vielen anderen vorher und nachher etwas davon gezeigt hat. Eine wahrlich ungewöhnliche Frau. Und so ist das »Kinderhaus Sonnenblume« ein Beispiel dafür geworden, dass es auch heute noch Frauen und Männer gibt, die wie Jesus besonders für die Schwächsten da sein wollen.

Ach ja: Valerie wuchs und gedieh übrigens während ihrer Zeit im Kinderhaus prächtig und wurde später von einem netten Ehepaar adoptiert, das sich sehnlichst Kinder gewünscht hatte, aber keine eigenen bekommen konnte.

Matthias Micheel

Kämpfer für die Gerechtigkeit – Martin Luther King

Als Sklaven waren afrikanische Frauen und Männer vor über 350 Jahren nach Nordamerika und in die Karibik verschleppt worden. Sie wurden von Sklavenhaltern wie Ware gekauft, mussten ohne Lohn für sie arbeiten und hatten keinerlei persönliche Freiheit. In der Mitte des 19. Jahrhunderts war die Sklaverei zwar offiziell abgeschafft, doch wurden »Schwarze« von den »Weißen« noch hundert Jahre danach unterdrückt. Sie hatten nicht die gleichen Chancen auf eine gute Schulbildung, sie bekamen weniger gute Arbeitsstellen. Im Linienbus mussten sie hinten einsteigen und Weißen den Sitzplatz räumen. Im Park gab es getrennte Bänke für Weiße und Schwarze. Die Schulen waren getrennt in schwarz und weiß, sogar im Kino die Toiletten …

Gegen diese Ungerechtigkeiten erhob ein junger Mann seine Stimme, der selbst Afroamerikaner war: der evangelische Pastor und Doktor der Theologie Martin Luther King jr. (geboren am 15. Januar 1929). Natürlich war er nicht der Einzige, der etwas verändern wollte. Aber sein Weg war außergewöhnlich: Er wollte ohne Gewalt die Rechte unterdrückter Menschen durchsetzen. Er organisierte große Demonstrationen und rief unermüdlich zur Gewaltfreiheit auf.

Am 28. August 1963 marschierten über 250 000 Menschen bei der größten Demonstration in der Geschichte der US-amerikanischen Bür-

Der Baptistenpastor Dr. Martin Luther King kämpfte in den USA mit friedlichen Mitteln für die Gleichberechtigung der Schwarzen. 1968 erschoss ihn ein Weißer.

gerrechtsbewegung zum Weißen Haus in Washington. Sie kamen aus allen Teilen der USA. Die Anführer, die mit 100 000 Demonstranten gerechnet hatten, waren überwältigt von der mächtigen Unterstützung. Viele Weiße marschierten mit den Schwarzen. Vor dem Kapitol hielt Martin Luther King eine berühmt gewordene Rede.

Martin Luther King war damals 34 Jahre alt, ein junger Mann noch, aber für diese ungeheure Versammlung war er die Gestalt, die all das verkörperte, woran sie glaubte und worauf sie hoffte. Er hatte seine Rede sorgfältig vorbereitet. So viel hing davon ab, dass er die richtigen Worte fand! Worte, die genau für diesen Moment passten; Worte, um die Herzen der Menschen zu bewegen.

Die Menge hing an seinen Lippen. Er konnte ihre Einigkeit, ihre Unterstützung spüren. Als er fortfuhr, applaudierten sie und riefen ihm begeistert zu. Er wusste, dass er in ihrer Sprache redete – dass er sowohl für sie als auch zu ihnen redete. Getragen von der Welle ihrer Zustimmung legte er sein Manuskript für die Rede beiseite und sprach frei, aus seinem Herzen:

Ich habe einen Traum,

dass eines Tages diese Nation in dem Gedanken, dass alle Menschen gleich erschaffen sind, leben wird.

Ich habe einen Traum,

dass eines Tages die Söhne früherer Sklaven und die Söhne früherer Sklavenhalter miteinander am Tisch der Brüderlichkeit sitzen werden.

Ich habe einen Traum,

dass meine vier kleinen Kinder eines Tages in einer Nation leben werden, in der man sie nicht nach ihrer Hautfarbe, sondern nach ihrem Charakter beurteilen wird.

Ich habe einen Traum,

dass eines Tages in Alabama kleine schwarze Jungen und Mädchen und kleine weiße Jungen und Mädchen einander die Hände schütteln werden.

Ich habe einen Traum,

dass eines Tages jedes Tal erhöht und jeder Berg erniedrigt wird.

Und die Herrlichkeit des Herrn wird offenbar werden, und alle Menschen werden es sehen.

Mit diesem Glauben werde ich fähig sein, aus dem Berg der Verzweiflung einen Stein der Hoffnung zu hauen.

Mit diesem Glauben werden wir fähig sein, zusammen zu arbeiten, zusammen zu beten, zusammen zu kämpfen, zusammen ins Gefängnis zu gehen, zusammen für die Freiheit aufzustehen in dem Wissen, dass wir eines Tages frei sein werden.

Mein Land, von dir, du Land der Freiheit, singe ich.

1964 ehrte man Martin Luther Kings Einsatz für die Gerechtigkeit mit dem Friedensnobelpreis. Seine Mühen trugen schließlich Früchte. Viele begannen sich dafür einzusetzen, dass schwarze und weiße Bürger die gleichen Rechte erhielten, auch wenn sich die Umsetzung als schwierig und langwierig erweisen sollte. In der Sache hart, im Umgang versöhnlich. Trotzdem wurde Martin Luther King ein Opfer seiner Gegner. Am 4. April 1968 erschoss ihn ein Weißer.

Martin Luther King, der zum »Symbol der Brüderlichkeit« geworden war, starb im Alter von 39 Jahren. Heute ist sein Todestag in den USA ein Staatsfeiertag.